VILLA ROYALE

EMMANUELLE FOURNIER-LORENTZ

VILLA ROYALE

roman

GALLIMARD

Pour Jean-François

I

1

Nous déménagions toujours pendant la saison froide, comme les baleines, précisait Victor. Nous voyagions enveloppés dans nos manteaux, avec cette odeur bizarre de chauffage de voiture, ma mère et Charles devant, Victor et moi sur la banquette arrière, le front collé aux vitres. Les meubles suivaient dans des camions, quand nous avions l'argent – sinon, il n'y avait pas de meubles. Si l'on me questionne sur mes souvenirs d'enfance, je vois du goudron défiler derrière une portière et, quoi qu'on en dise, les autoroutes ne se ressemblent pas. Chacune semblait tailler différemment la France, ce pays mouvant et disparate, un pays dont j'avais l'impression de connaître chaque recoin.

Lors des longs trajets que nous faisions à l'occasion des déménagements, Charles parlait d'une seule chose, dont il ne parlait d'ailleurs qu'à cette occasion : de mon père et de sa mort. C'est un thème qu'il contournait d'abord pendant des heures, par pudeur ou par réserve. Puis, tard, quand la voiture roulait depuis des centaines de kilomètres dans la nuit, quand ma mère décidait de ne plus s'arrêter sur les aires d'autoroute pour fumer mais d'allumer ses cigarettes directement dans la voiture en ouvrant les fenêtres, Charles tournait la tête vers elle et se mettait à évoquer doucement mon père, en utilisant un prétexte, n'importe quoi. Le sujet de l'émission qui passait à la radio, mais aussi un nom de ville sur une pancarte, un animal mort au bord de la route, les mains gelées de froid de l'homme coincé dans la petite cabine d'un péage. C'est comme ça que les conversations démarraient, toujours. Depuis le siège arrière, je ne voyais que la capuche ou le bonnet de mon frère, parfois une oreille, qui dépassait de l'appuie-tête. Et le profil droit de ma mère : les longs cheveux noirs, le col relevé de son manteau, sa cigarette. Nous savions tous qu'à chaque trajet en voiture Charles trouverait un moyen d'en parler, de ramener à nous le fantôme. Je crois qu'elle était contente qu'il le fasse dans des moments propices aux voix cassées, aux émotions ténues, comme si le moteur couvrait toute trace de ridicule. Comme si l'enceinte de la voiture et le bourdonnement impitoyable des autoroutes autorisaient la mélancolie, car avec mes frères nous l'évitions soigneusement : c'est un sentiment qui peut vous précipiter du bord des toits aux trottoirs.

« Papa. (Il tournait la tête vers ma mère, la regardait d'un air doux en clignant ses longs cils.) Il était insomniaque, non ?

— Ce n'était pas tout à fait son genre, non... », répondait invariablement ma mère, comme chaque fois que nous essayions de trouver une particularité inexistante à notre père mort, qui n'avait été après tout qu'un être humain ordinaire.

« Pourtant, personne n'arrive à dormir. De nous quatre, personne ne dort jamais bien.

— Palma, si... »

Charles serrait un peu les mâchoires, le regard perdu à l'avant du pare-brise. Il portait souvent des anoraks sans fermeture, gris foncé, et aujourd'hui, quand je croise des garçons avec des anoraks sans fermeture, mon cœur se serre brièvement et j'aimerais pouvoir poser un instant ma tête sur leur épaule.

« Palma trempe son camembert dans son café.

— Ah, oui... ça, c'est une autre histoire. Ça, ça vient de lui. »

Le ronronnement du moteur nous berçait, Victor et moi, à l'arrière, autant que leurs voix – nous étions ramenés à l'état de larves, au chaud sous nos couvertures. Des larves qui écoutaient, et participaient peu à la conversation ; parfois, Victor se penchait légèrement pour mieux entendre, il arrêtait même son échiquier électronique. Mais le principal de la discussion se tenait entre Charles et ma mère. Certaines phrases étaient devenues des rituels incontournables, comme « Je t'ai raconté cette fois où il a décidé sur un coup de tête que nous allions faire du stop jusqu'en Suède, alors qu'il faisait moins dix degrés ? » ou « Il connaissait par cœur toute la vie de Marilyn Monroe ». Ces conversations nocturnes ont forgé mon enfance. Qu'importe ce que nous fuyions sur le moment, le malheur, la pauvreté, la folie, peut-être même la routine, nous savions que dans cette voiture, au creux de la nuit, quand nous convoquions le disparu, rien n'existait plus : ni l'argent qui manquait, ni l'avenir incertain, ni les drames, et encore moins sa mort. Il était parmi nous, dans un espace indéfini puisque nous avancions sur la route, dans un temps où rien n'importe plus vraiment, un temps que connaissent bien ceux qui décident de disparaître, laissant derrière eux femme et enfants, vers une destination inconnue de tous. Et grâce au pouvoir des souvenirs de ma mère, nous roulions vers de nouvelles villes, en ne poursuivant rien, surtout pas le bonheur.

La conversation durait jusqu'à la sortie d'autoroute, quand ma mère enclenchait le clignotant et s'arrêtait de parler d'une voix douce pour se redresser sur son siège, se racler la gorge et regarder les panneaux, l'air concentrée. Nous allions arriver. Charles roulait une cigarette, allumait la radio, le ciel devenait rose. Entre deux ronds-points, Victor rangeait son échiquier électronique, puis suivait des yeux les lignes et les lignes avalées par la voiture. Les petites villes qui nous voyaient arriver avaient toutes des noms douteux, loin du romanesque : Buxières-les-Mines, Montaigu, Châteauneuf-de-Galaure, Escamadur, Crotelles.

« C'est là, Maman ?

— Oui, je crois. »

Elle remettait ses lunettes, demandait cinquante fois à Charles d'aller vérifier le nom de la rue, qui était toujours la bonne, et nous étions arrivés devant la nouvelle maison, le nouvel immeuble. En général c'était un bâtiment banal ou un pavillon, de couleur invariablement beige. Ces quartiers avaient une atmosphère difficilement pénétrable, que l'on n'arrivait à percer que dans l'engourdissement, pendant les premiers mètres que nous faisions hors de la voiture, ou peut-être encore les matins où nous allions dans nos nouvelles écoles, à l'aube. Des rues qui se ressemblaient, des ronds-points connus de tous, où passait toujours une mère de famille en pantoufles qui traînait derrière elle un chariot à provisions. Nous sortions endormis de la voiture, nos sacs sur les épaules, ma mère regardait le quartier d'un air méfiant, avant de plisser le nez et de décider d'un ton sans réplique :

« Ça ira. »

Parfois, des voisins nous regardaient par-dessous un rideau soulevé à la va-vite. Charles leur faisait des doigts d'honneur, moi un sourire gêné, ma mère ne les avait même pas vus. Et après ces centaines de kilomètres à traverser la France, nous étions tous les quatre plantés sur le trottoir, à attendre l'agent immobilier qui viendrait nous ouvrir. Ma mère fumait une cigarette en silence, et je la regardais en me disant toujours que la seule raison qui pouvait expliquer cette enfance anormale, c'était qu'elle soit agent secret.

2

Dans mes souvenirs, s'ils sont exacts (et j'en doute), il y avait des dizaines de lampes dans le salon de l'appartement. La pièce était sombre, pleine de meubles laqués noirs (une obsession de ma mère) et de lampes, toutes plus bizarres les unes que les autres. Chacune était tournée dans un sens différent, vers le bas ou la porte d'entrée, vers la moquette et le canapé, isolées et pourtant attentives. Elles parsemaient la pièce de leur forme d'insecte, projetaient leur halo de lumière sur des espaces bien délimités, en plongeaient d'autres dans le noir, comme de petits lampadaires égoïstes. Ma mère les collectionnait. C'étaient de grandes lampes alambiquées des XVIIIe et XIXe siècles, abat-jour noir, lourd pied en métal doré, presque antiques, impressionnantes. Quelques semaines après le drame, elle les a toutes vendues, ou elles ont été prises par l'un des huissiers, je ne sais plus. Toujours est-il que le lendemain, le surlendemain, et les jours qui ont suivi la mort de mon père, elles étaient encore dans le salon, comme des extensions de ma mère, allumées vingt-quatre heures sur vingt-quatre. Ma mère et ses lampes.

Elle adorait la lumière artificielle. Elle n'a jamais compris quelle nécessité poussait les humains à ouvrir leurs volets pour faire entrer la lumière extérieure. Il est vrai que les lampes, comme les réverbères, sont une très belle invention de l'homme; ça, personne ne peut le nier. Un artefact rassurant. Un doigt qui glisse sur une joue et nous chuchote «Tout va bien».

Le soir, une fois qu'elle nous avait couchés, elle s'allongeait sur le canapé noir. Elle avait violemment maigri, ses Levi's et ses t-shirts flottaient autour d'elle comme des chauves-souris en tissu. Elle n'allumait pas la télévision, elle regardait le plafond et attendait que la terreur, qui avait tissé sa toile tout au long des journées d'angoisse qui suivirent la mort de mon père, prenne toute la place. Sous la lumière de sa lampe préférée, celle dont le pied figurait une Furie grecque, Alecton, elle sentait le sang taper plus fort dans ses veines, dans ses tempes. La terreur arrivait par-derrière, lui soufflait dans le cou, l'empoignait violemment par la gorge. Ma mère lui cédait, les premiers soirs. Elle sanglotait pendant des heures, avec sous les yeux des flashs de mon père par terre, jusqu'à ce qu'elle ait la force d'attraper la plaquette de calmants sur la table basse et d'en avaler quatre ou cinq.

Les autres soirs, la Furie lui venait en aide. La lampe était grande, posée sur le guéridon à côté du canapé. L'abat-jour noir en recouvrait la moitié, projetant sa lumière sur le visage de ma mère. Elle trouvait la force de lever le menton, et scrutait la Furie. Elle ne la lâchait plus des yeux, pour ne pas laisser la terreur l'envahir.

Alecton, tout en métal doré. Il faut lui reconnaître, et je la lui reconnais volontiers aujourd'hui, une certaine classe, une idée de la justice divine qui a fait davantage que nous accompagner lors de nos débuts dans la vie : elle a façonné, dans un inconscient lointain et endormi, notre idée du monde. Je n'en avais pas peur. Elle était effrayante mais belle. Ma mère la fixait en fumant pendant des heures cigarette sur cigarette, le mégot de l'une allumant la suivante. Elle les écrasait dans un cendrier en métal noir, qui avait bizarrement la forme d'une main raffinée aux bouts des ongles dorés ; quand il était plein, c'était sur la table basse. Gavée de tabac, elle ne quittait plus la Furie des yeux. Si elle détachait son regard d'elle, si elle le tournait vers le noir de la pièce, la terreur l'assassinait : vision du visage de mon père, gris, blanc, déformé par la peur et la douleur, sang giclant sur les murs, têtes coupées, trou noir, hurlements. Alors elle fixait la Furie, même si la lumière finissait par lui brûler la rétine, même si elle tombait folle. Mieux vaut être folle parfois : de longues plages d'absence où le réel ne fait jamais irruption. À une certaine heure de la nuit, quand elle ne voyait plus rien, les cheveux de la Furie ondulaient, et venaient lui caresser la joue. Elles se mettaient à parler d'amour. Car c'est une évidence : si on enlève à l'amour toutes les choses agréables, si on lui soustrait la tendresse, la complicité, la présence de l'autre, si on y place la mort, la torture et le vide déchirant, il reste quand même le noyau pur. Il est peut-être flamboyant, torturé, mais il est toujours là. Et de toute évidence, ma mère aimait mon père, qu'il soit mort ou non, et fixer la Furie et la lumière était une manière comme une autre de ne pas le laisser basculer dans le néant et dans le noir. Si l'un d'entre nous s'était levé, à ce moment-là, nous aurions pu voir depuis le couloir une sorte de Pythie entourée de vapeurs hallucinogènes, dans la pénombre de son temple, éclairée par des lampes multiples, biscornues, luxueuses, toutes noir et or. Mais nous ne nous levions pas, je crois.

Plus tard, elle allait dans la salle de bains ôter ses lentilles de contact, prendre un somnifère. Dans la glace, la femme aux cheveux bruns qui la regardait avait les traits creusés et l'air ravagé. Elle avait perdu dix kilos la semaine suivant le drame, elle ne mangeait plus, ne buvait que du café et du jus d'orange. Puis le somnifère faisait effet, elle s'endormait quelques heures, jusqu'au réveil, qui devait être abominable. Dans le livre de Victor sur les divinités antiques, on pouvait lire : « Impossible de deviner leur âge : aussi vieilles que le crime, qu'elles persécutent, et l'innocence, qu'elles s'efforcent de venger, les Furies sont les ministres chargées de la vengeance des dieux. Au commencement, elles étaient innombrables, mais les plus connues d'entre elles, les plus souvent citées par les poètes, sont Tisiphone, Mégère et Alecton. Elles doivent leur nom à la fureur qu'elles inspirent. Selon les uns, elles ont été formées dans la mer par le sang d'Uranus, lorsque Saturne l'a blessé. Selon les autres, elles sont nées de la Terre qui les avait conçues depuis le sang de Saturne, blessé par Jupiter ; ou de la Nuit et de l'Achéron ; ou encore d'une union entre la Terre et les Ténèbres. Leur pouvoir s'exerce partout, jusqu'aux Enfers. Leur mission ? Punir les parricides. Alecton, la troisième Furie, ne laisse aux criminels aucun repos ; elle les tourmente sans relâche. Elle ne respire que la vengeance, et il n'est point de forme qu'elle n'emprunte pour trahir ou satisfaire sa rage. Elle est représentée armée de vipères, de torches et de fouets, avec la chevelure entortillée de serpents.»

«Tu vois», disait Victor, bien plus tard (tapotant machinalement l'index contre la couverture du livre ouvert en V). «La vengeance est une chose considérée comme sacrée, même par les dieux, depuis toujours. Et est-ce que ce n'est pas marqué? Regarde: *Les Furies*, etc., etc., *leur mission? Punir les parricides.* Les parricides, Palma!»

Et je cherchais alors des yeux ceux de ma Furie préférée, de mon Alecton de laiton et de fer et de fureur, et je trouvais (parmi les serpents des cheveux, le haut des seins lisses) une réponse favorable à nos desseins – «Je vous comprends», quelque chose comme ça.

3

La destination de notre premier déménagement, le plus court, le plus raté, nous a été révélée deux ou trois mois après la mort de mon père. Nous avons passé une dernière soirée sordide dans l'appartement de la rue Chauvelot tous les trois, Charles, Victor et moi, cloîtrés dans l'une des chambres, à tenter des petits jeux qui ne faisaient marrer personne, à se cacher dans la malle aux peluches qui puait la poussière, à se raconter des faits divers atroces que l'on avait lus et qui étaient si proches, dans l'Essonne ou dans l'Oise, pendant que ma mère jetait pratiquement toutes nos affaires (du moins ce qu'il en restait). Brusquement, en plein milieu d'une bagarre générale où je me prenais les pieds de Charles en pleine tête pendant que j'essayais d'étrangler Victor, elle a lancé :

« Au fait, c'est à La Réunion que nous partons. Une petite île, à côté de Madagascar. »

Le choc sur nos visages a dû être trop dur à supporter, parce qu'elle a refermé la porte instantanément. Victor s'est redressé vivement, a fait valdinguer mon bras, et lui a couru après.

« Une île », disait Charles à l'aéroport en secouant la tête, incrédule, comme si c'était vraiment la chose la plus bizarre qui pouvait nous arriver. « Dix mille kilomètres. Dix mille. » Victor, lui, était plongé dans l'hébétude. Il fixait le sol, la bouche entrouverte, son petit sac à dos sur ses minuscules épaules. Ma mère, presque pétillante, essayait de lui changer les idées à grand renfort de champ lexical lyrique : chance extraordinaire – tout le monde rêve d'habiter sur une île –, il y a la mer et des caméléons et on aura un jardin – tu vas bronzer –, un volcan en activité, Victor, un volcan ! avec de la lave – et plein d'étoiles de mer ! Charles s'y était mis aussi. Mais Victor était inconsolable. Et c'est vrai, bien sûr, c'est vrai que la vie d'avant ne reviendrait jamais, ni notre maison bordée par le boulevard périphérique, ni d'ailleurs mon père, mais au beau milieu des mille artifices de l'aéroport, j'étais, moi, heureuse de sentir une odeur enivrante, perverse, bien plus violente que ma tristesse : l'odeur de la fuite.

*

J'ai eu onze ans au-dessus du Soudan. Je somnolais sur mon siège, la tête inclinée vers l'épaule de ma mère, quand Charles, les yeux brillants, surexcité, s'est penché vers l'allée qui nous séparait, m'a serré le bras et a chuchoté, assez fort pour que plusieurs passagers se retournent :

« Bon anniversaire, Palma !!! Onze ans ! »

Il brandissait mon poignet au-dessus de ma tête, en signe de victoire. J'avais pourtant essayé de veiller plusieurs heures pour ne pas rater le moment exact, mais je m'étais endormie. Ma mère s'est tournée vers moi avec un large sourire, mais elle avait dans les yeux une angoisse presque palpable, son regard comme pris dans les phares d'une voiture. Charles a continué :

«Tu pourras dire à tes potes, si tu en as de nouveau un jour, bien sûr, que tu as fêté tes onze ans dans les airs, pile à la frontière entre l'Égypte et la… le…

— Le Soudan, le Soudan», a précisé Victor, qui s'était réveillé en désignant d'un geste vague l'écran devant nous, et la petite icône de notre avion sur la carte du monde.

Comme d'habitude, il mettait de longues minutes à émerger du sommeil, yeux fixes, cheveux en bataille, avec l'air d'un lutin en pleine descente, étranger à son environnement. Puis il a bâillé, m'a embrassé la joue en écrasant les genoux de ma mère au passage, a calé ses pieds contre le siège devant lui et a lancé, en regardant par le hublot :

«T'es plus près des vingt ans que des zéros.»

Ce qui était vrai. Et Charles, tournant énergiquement les pages du catalogue Air France Printemps/Été 2001, a poursuivi : «Et tu sais que, selon la théorie de la relativité d'Einstein, plus on se déplace vite, plus le temps passe lentement ?» Quelques minutes plus tard, Victor s'était à nouveau endormi sur l'accoudoir qui le séparait de ma mère. Tout était si loin d'hier, ou de nos anniversaires ordinaires. Des hôtesses de l'air glissaient entre les sièges pour ramasser des plateaux, se murmuraient des choses à l'oreille et éclataient d'un petit rire discret. Les gens endormis avec une couverture sur l'épaule, les lumières tamisées, les vibrations de l'avion, les chuchotements de ma mère et l'île lointaine, tout ça paraissait si peu réel que je me suis plusieurs fois demandé si nous n'étions pas tous morts sans nous en apercevoir.

*

L'aéroport de Roland-Garros, à Saint-Denis, ne ressemblait pas aux aéroports de Paris. Sur le tarmac, l'air étouffant, quasi irrespirable, nous avait brûlé la gorge après la climatisation trop forte de l'avion. Les cheveux de ma mère, gonflés par l'humidité, flottaient devant nous pendant que nous nous traînions sur ce qui semblait être non pas du goudron mais de la terre battue. « Il ne fait même pas beau », grommelait Victor en descendant une à une les marches du petit escalier métallique, son sac à dos entre les bras. La lumière aussi était différente. Elle était plus jaune, d'une autre matière qu'en France, et frappait les silhouettes de mes frères en les éclaboussant d'un liseré doré qui se découpait nettement sur le ciel. C'était la première fois que nous étions sur une île. Un caillou, né de la collision entre deux volcans, entouré d'eau et de requins, loin de tout ce que nous connaissions. Dans l'aéroport, on avait installé de grands climatiseurs marron, qui ne servaient pas à grand-chose si ce n'est à brasser bruyamment un air saturé d'humidité, et à faire goutter de l'eau glacée et brune, formant de petites flaques que Charles s'amusait à toucher du bout du pied pendant que ma mère attendait au guichet d'un service de location automobile. Elle se tournait de temps en temps vers nous, une main dans la poche de sa combinaison jaune – une main, bien sûr, sur ses cigarettes. Elle avait toujours dans une poche un paquet et un briquet, comme tous les fumeurs de la terre, liés par ce paquet toujours caché quelque part sur eux, et je suis encore fascinée par l'exactitude de leurs gestes et donc de leurs envies, le tâtonnement pour trouver l'objet rectangulaire, sans qu'ils nous quittent des yeux, le glissement de la cigarette entre les lèvres, le bruit du briquet, ils aspirent, recrachent la fumée, puis quelques secondes plus tard tapotent la cendre d'un geste négligent –, et chuchotait : « Restez tranquilles. » Nous restions alors tranquilles, un peu hagards, parfois bousculés par un voyageur pressé, dans ce flux incessant de créatures s'en allant quelque part, arrivant ailleurs. Puis tout s'englue dans un sommeil presque hallucinatoire, certaines images refaisant surface dans ma mémoire avec la violence des flashs : les gouttes de sueur sur la nuque de mon frère, la lumière brune sur le parking puis dans la ville, dont les nombreux toits en tôle renvoyaient un éclat métallique, les escargots violets que la voiture écrasait à toute allure, la nature dense, incontrôlable, qui défilait par la fenêtre (bananiers, bougainvilliers, nids de guêpes, cactus et filaos, herbes folles, taons et fourmis rouges, et un très gros iguane, marron-vert), et bien sûr ce gris scintillant de l'océan à ma droite : un aplat calme et mystérieux où circulaient des animaux effrayants, une immensité telle qu'elle donnait peur de s'y baigner et que je retrouvais dans les yeux de mes frères lorsqu'ils croisaient mon regard. Nous étions terrifiés.

Jusque-là, La Réunion avait été pour moi une île où partaient en vacances certains enfants de mon école, généralement en hiver. Transats à matelas, plages immaculées, toits de petites paillotes en bambou sur fond de gratte-ciel. Mais La Réunion, celle que je voyais de mon siège, n'était pas comme je l'avais imaginée. La nature, surtout, était omniprésente. La jungle. Elle était disproportionnée, paraissait infinie, difficilement apprivoisée par des siècles de cohabitation avec les êtres humains. Du vert et du brun partout, alors que je m'attendais à du bleu et du blanc : des arbres, des feuilles, des tiges, des ronces, des plantes, des fleurs aux mille couleurs, de la terre. Saint-Denis, que nous contournions, ne semblait ni paradisiaque, ni particulièrement touristique. Quand ma mère s'arrêtait aux feux rouges, j'apercevais des stores délavés de magasins pratiquement vides, des enfants jouer au ballon en tenue légère et dépareillée, et les caissettes que l'on voit traîner à l'heure où les marchés sont terminés. Juxtaposés à ces rues presque désertes aux couleurs un peu ternes, on apercevait des quartiers résidentiels flambant neufs, petits pavillons modernes pour classe moyenne sur leur lot de terrain individuel où aucune plante n'avait eu encore le temps de pousser, zones arides et vivantes à la fois. Ma mère nous avait dit que nous allions habiter dans un quartier du nord de cette ville, un quartier qui portait un nom que méticuleusement nous avons décidé de ne pas prendre comme une prophétie. Alors que nous traversions un coin éloigné du centre avec des rues goudronnées à la va-vite et des routes plus rurales, où les arbres et les plantes régnaient en maître, ma mère a enclenché le clignotant. Ce bruit me rappelait les dimanches après-midi et leurs trajets vers la maison. Elle a tourné quelque part dans un carrefour bordé d'arbres gigantesques, au milieu duquel un type était assis à côté d'une glacière pleine de camélias, et a emprunté une longue rue qui grimpait, les feuilles des palmiers giflant les portières.

« On y est… Je crois que c'est i…, a-t-elle commencé.

— Maman. »

Victor l'avait interrompue.

« Maman… Il y a L'Agence. »

Et en effet, aussi bizarre que cela puisse paraître, Victor avait raison : à dix mille kilomètres de rien, dans cette jungle où s'élevait çà et là un supermarché beige, parmi des routes grises hors du temps, presque irréelles, une tête familière nous attendait devant un vieux portail vert – Rosa.

4

Rosa était une vieille amie de ma mère que Victor, tout petit, n'arrivait à appeler que « L'Agence » parce qu'elle travaillait dans une agence immobilière. Le surnom était resté. Ma mère a acquiescé en tirant le frein à main :

« Ah. Oui. »

Elle fourrait des affaires dans son sac à main :

« J'ai oublié de vous le dire. Tout ça, La Réunion, le départ… C'est l'idée de Rosa. Elle m'a trouvé du travail. »

Devant nos regards interloqués, elle a eu un geste énervé de la main :

« C'est simple. Je vous expliquerai. Sortons de là, pour commencer. »

Victor a ouvert la bouche. Charles regardait ma mère comme si jamais, pas une seule seconde, il n'avait vu cette personne auparavant. J'ai appuyé sur la poignée pour ouvrir la portière.

« Vous êtes lesbiennes ? »

La question de Charles avait fusé. Ma mère a levé la tête. Pour la première fois depuis trois mois, depuis la mort de mon père, elle a souri franchement, désarçonnée.

Les commissures de ses lèvres se sont élargies puis elle a lâché un grand rire, tonitruant, énorme, qui ne s'arrêtait pas, un rire où les larmes et la bave se mêlaient à la morve et à la joie pure, un rire comme un raz-de-marée qui nous a emportés, moi, Charles et Victor, et même L'Agence qui nous voyait de loin et ne devait rien comprendre, un rire où nous nous cognions la tête les uns contre les autres en hoquetant, hurlant pour qu'il s'arrête.

«Autrefois ici c'était plutôt luxueux. Le port de plaisance, si tu veux. Tous les Blancs avaient une case dans le coin pour les week-ends, pour être au calme.»

Charles a marmonné quelque chose, mais personne n'a fait attention à lui.

«Aujourd'hui c'est un quartier plutôt délaissé. Enfin (Rosa désignait les arbres immenses partout), je crois que vous avez remarqué. Tu verras, a-t-elle dit en se tournant vers ma mère, c'est presque un peu rural, ici. Mais il y a un supermarché pas loin, je me suis dit que c'était pratique.

— C'est parfait, Rosa. Merci, merci infinim...

— C'est près du travail, tu sais. Quinze minutes en voiture.»

Rosa, un gobelet dans lequel flottait la mousse d'un vin pétillant à la main, parlait très lentement. J'avais oublié ce détail – un détail qui la caractérisait pourtant davantage que ses robes ou la manière dont elle marchait. Après nous avoir fait visiter la maison, elle nous avait expliqué avoir trouvé un semblant de poste à ma mère dans l'agence immobilière où elle travaillait depuis deux ans, et ça avait pris au moins deux heures pour qu'elle nous raconte ça (tremblements dans la voix, bégaiements, extrême lenteur dans l'articulation, et j'avais failli me manger un poing d'impatience en la voyant enlever une de ses chaussures parce qu'elle en avait eu pour cinq bonnes minutes). Victor la regardait comme si cette pauvre femme ne savait pas que nous étions une meute de loups assoiffés, impatients, incapables d'attendre que quiconque finisse une phrase – il avait peur que nous lui sautions dessus, Charles et moi. Ma mère l'écoutait, un sourire timide aux lèvres, polie, gênée. Nous étions assis sur la terrasse, à même le sol, le bruit des insectes et des arbres comme une chape au-dessus de nos têtes. J'avais oublié que Rosa était créole. Elle habitait à Aubervilliers quand nous étions petits («vers Auber», «à Auber», disait-elle tout le temps), et venait parfois nous voir rue Chauvelot, des après-midi d'ennui mortel où ma mère nous forçait à rester assis des heures à table pendant que les adultes buvaient le café et parlaient de choses qui nous semblaient aussi assommantes qu'eux. Elles s'étaient connues à l'école. J'ignore où. Elle avait toujours des espèces de robes en toile, qui semblaient taillées dans un sac orange ou marron, et nous apportait des cadeaux inutiles que nous déballions avec impatience puis laissions traîner sur la table: mikado de voyage, kit d'aquarelle pour adultes. Elle et ma mère se sentaient proches parce qu'elles avaient une histoire familiale presque similaire, naissance «dans les îles» de parents «mixtes», ma mère en Martinique, elle ici, pères inconnus ou partis acheter des clopes, enfance semi-cachée, des histoires sombres colorées par les alizés et le soleil. J'étais presque contente de la voir là, à dix mille kilomètres de toute terre connue, mais bon Dieu ce qu'elle parlait lentement. C'était à peine croyable qu'elle soit agent immobilier.

« Et là, à gauche... Ou est-ce que c'est à droite ? Enfin... Lorsque tu prends ce petit couloir à l'étage et que tu tournes à droite ou à gauche, donc... Je ne sais plus... Tu trouves un petit débarras que tu peux transformer en salle de jeux pour eux », venait-elle de dire.

Charles maugréait tout seul dans son coin (« Une salle de jeux... »), mais nous n'ignorions pas, tous les trois, que Rosa était la seule personne que nous connaissions à nous avoir aidés. Elle avait téléphoné à ma mère après la mort de mon père, sans faire ce que les autres faisaient, c'est-à-dire l'appeler pour des histoires d'argent ou par curiosité malsaine. Elle ne lui avait pas fait le coup du « N'hésite pas à me demander si tu as besoin de quoi que ce soit... ». Non, Rosa lui avait tendu la main et lui avait proposé une issue de secours. Un être plus civilisé que les autres, peut-être. Et puis, elle nous avait trouvé un truc de dingue, même si c'était à dix mille kilomètres. Parce que la maison de La Réunion est la maison la plus folle que nous ayons jamais habitée. Immense et dépouillée, elle était enfouie dans un jardin luxuriant plein d'acacias et de figuiers, de feuilles de bananiers, avec une piscine – une piscine inutilisable, verte, pleine de vase, de feuilles et même de petits ragondins qui s'y étaient noyés, mais une piscine quand même –, d'où l'on avait une « putain de vue sur l'océan », a relevé Charles. « Sur le lagon », a rectifié Rosa qui nous avait dégoté cette location pour trois fois rien, à une adresse que j'ai mis des années à retrouver et que j'écris aujourd'hui en souriant presque : la rue

Le Brûlé. Elle avait dû connaître une ère fortunée. Sur deux étages, les pièces étaient carrelées d'un faux marbre rose pâle, et donnaient sur des balcons larges comme notre ancien salon de la rue Chauvelot, où les fissures dans le béton apportaient un charme supplémentaire à la mer au loin. Myope, je ne voyais qu'un amas bleu, mais mes frères contemplaient le paysage sans un mot, ce qui était assez rare. Le jardin descendait en pente douce, plein de cactus défoncés, poussant anarchiquement au milieu d'une terre aride, de cailloux bordeaux, de jeunes bananiers et d'arbres non identifiés où l'on apercevait des nids de guêpes, d'escargots ou d'oiseaux. On voyait apparaître çà et là les toits blancs ou argentés de nos voisins.

«Vous verrez, c'est très calme. Un peu trop, peut-être. On a l'impression que la vie s'est arrêtée, c'est vrai», a dit Rosa, à la limite de la crise d'asthme après avoir monté l'escalier en colimaçon qui menait au premier étage, celui des chambres. Depuis le balcon de l'une d'elles, Victor a balayé le jardin du regard d'un air théâtral, comme si nous étions l'une de ces familles princières ruinées par un scandale ou un putsch, condamnées à l'exil, venues trouver refuge sur une île lointaine. Mais tout rappelait plutôt ces bandes de dealers qui tentent un nouveau départ dans les stations balnéaires vides du sud de l'Espagne, du genre Marbella – les maisons abandonnées, la chaleur étouffante, les stations essence à une centaine de mètres.

Le soir même, une fois Rosa partie, nous avons déplié dans la même pièce les deux grands matelas gonflables achetés au supermarché en contrebas. Il y avait au moins quatre chambres, et autant de salles de bains, mais la maison était trop grande, justement : nous préférions dormir ensemble, dans ce qui était supposé être la chambre parentale, une vaste pièce carrelée et mansardée, au premier étage. Les margouillats zébraient le plafond, Victor leur donnait des noms.

*

Le premier matin fut pénible. Je me suis réveillée dans une moiteur lourde, les pales du ventilateur brassant, inutiles, la chaleur de la pièce, avec une migraine à me casser le crâne. Victor avait les yeux ouverts et fixait le plafond. De tout temps, notre famille avait été insomniaque. Des lignées d'ancêtres à côté d'une tisane à la verveine et d'une lampe basse température, seuls dans des pièces tamisées. J'étais habituée à me réveiller et à trouver Victor ou Charles les yeux grands ouverts, le nez dans un livre ou le regard perdu par la fenêtre, ma mère à la table de la cuisine depuis des heures. La chambre était claire, nous avions oublié de fermer les volets, des volets mauves qui tranchaient avec tout ce que j'avais vu jusqu'ici en matière de volets. En bas, debout devant la baie vitrée, elle fumait. Ma mère. Découpée en ombre chinoise sur le jardin-jungle, trop sauvage pour que nous, petits Parisiens du périphérique, puissions en tirer quelque chose. Elle ne m'avait pas entendue. Le jour se levait à peine. Ma mère. Un personnage, disaient toujours les gens lorsqu'elle n'était pas là. Mais c'était ma mère. Grande. Plus belle que je ne voulais l'admettre. Ce n'était même pas de la beauté, d'ailleurs, c'était une façon d'être au monde que je n'ai jamais connue ailleurs. Un éclat de rire silencieux. Une manière de remonter le col de ses vestes. Le désespoir dans lequel elle se jetait, énergiquement. Des expressions des années 70, des gestes amples. La liberté immense, inédite, quasi inconnue des enfants, en temps normal, dans laquelle nous nagions : possibilité d'être ce que l'on voulait, tout ce que l'on voulait, puisqu'elle nous aimerait. Des cordons ombilicaux invisibles mais jamais coupés, et dont elle ne parlait pas, ou uniquement sous la torture. Le noir dont elle peignait les murs, je veux dire, littéralement. La gentillesse et sa pureté, parfois colorée d'un soupçon de méchanceté, d'une mauvaise foi crasse. Une incapacité à dire je t'aime mais des yeux qui brillaient souvent, des yeux à la fois sauvages et timides. Ma mère. J'attendais, me scrutant quotidiennement dans le miroir, les signes distinctifs qui naîtraient enfin sur mon visage et prouveraient au reste du monde que j'étais bien sa fille, que j'avais hérité d'elle : quelque chose de ses cheveux, leur épaisseur et leur brillance ; les pommettes hautes et sculptées comme une Apache ; la noirceur du regard ; la classe suprême, dont un dixième seulement m'aurait suffi. Mais je ressemblais désespérément à mon père, jusque sous la peau, là où pourtant ma mère aurait aimé m'atteindre : je lisais sans le savoir les mêmes livres que lui, et sur une étagère pleine de DVD inconnus, je choisissais le film que lui aussi aurait voulu voir. Ma mère ne s'y intéressait pas tellement. La violence d'un feu qui brûle tout sur son passage. J'avais pourtant passé des mois à l'intérieur d'elle – cette pensée me paralysait de fierté, mais je n'arrivais pas à toucher du doigt l'essence de ce qui la constituait. Elle s'est tournée :

« Oh, tu es là, Minou...

— Tu ne dors pas ? »

Elle a grimacé, a fait couci-couça de la tête. Elle avait dû pleurer un peu.

« Maman, j'ai mal à la tête. »

Elle est allée fouiller dans l'un de ses sacs, posés à même le carrelage de la cuisine, m'a tendu une aspirine et un verre d'eau, le regard alarmé par n'importe quel microbe.

« Maman. »

J'ai bu le verre d'eau pendant qu'elle rangeait la boîte d'Aspégic dans un tiroir, à côté d'un briquet.

« On va aller à l'école ? »

Elle s'est emmitouflée dans son peignoir à rayures jaunes, l'un des seuls vestiges de notre vie d'avant.

« Je pensais... Tu vois, c'est bête, mais je pensais qu'il était peut-être encore un peu tôt. »

Nous avions fait une tentative de retour à l'école, à la civilisation, un mois après la mort brutale de mon père. C'est là que mes angoisses, comme ma famille les appelait, avaient commencé. J'avais présenté des signes avant-coureurs mais dans la spirale terrible où nous vivions, personne, et surtout pas ma mère, n'avait eu le temps de le remarquer. Je tournais délicatement une petite mèche de cheveux, puis je l'arrachais. D'un coup sec, et répété cinq fois par heure. Il n'y avait pas que ça, et il n'y avait pas que moi. Le premier soir de notre difficile retour à l'école (qui s'était stoppé net à la suite de ces divers incidents), Victor était revenu rouge de rage et de chagrin, et j'avais passé des heures à lui tirer les vers du nez jusqu'à ce qu'il nous raconte que Louis Camaille, un garçon blond de sa classe, qui avait vraiment l'air d'avoir été conçu dans une rose ou un chou, en tout cas qui ne pouvait pas, selon nous, sortir du vagin sanguinolent de sa mère, avait lu devant toute la classe un poème de son cru sur un enfant seul et triste dont le père était mort. « Quel trou à rats. Un ramassis de rongeurs », avait commenté Charles. Nous étions tous les trois assis sur ma couette Snoopy, dans la chambre que Victor et moi occupions (oh mon Dieu, tout avait l'air si lointain maintenant que j'y repensais, à dix mille kilomètres, sur l'île). Victor avait ri nerveusement, entre ses larmes, le visage congestionné. « Ils ne comprennent rien à rien. Franchement (il secouait la tête, incrédule), c'est incroyable de ne rien comprendre à ce point. »

Ma mère attendait mon approbation. Elle a rectifié :

« Bien sûr, en août, on arrangera tout. Vous recommencerez l'école comme il faut. Tout ça se sera un peu calmé. »

D'une main, elle a fait glisser la baie vitrée pour l'ouvrir. Nous surplombions le jardin et la piscine. La mer, au loin. Il faisait frais. L'air de l'aube lavait tout. J'ai acquiescé. De toute façon j'avais toujours haï l'école. Ma mère m'a proposé du café, que nous avons bu silencieusement dans des gobelets en plastique. Pour la première fois depuis trois mois, elle a paressé au soleil, comme un chat, et elle paraissait bien, malgré ses cernes. Hors de l'enceinte de notre jardin, les fils électriques zébraient le ciel bleu, par-delà les arbres gigantesques, bien au-dessus de nous. Elle s'est tournée vers la mer et a conclu :

« Et puis ici, personne ne vous connaît. Personne ne saura. »

Le quatrième jour, sur la plage de Trou d'Eau, Victor a tourné un pied vers moi :

« Regarde, ça se durcit. Ça se fait naturellement. La peau devient plus épaisse. »

Mais ma voûte plantaire restait invariablement rouge, fine, cloquée. Nous avions décidé qu'il était tout à fait possible, la majorité du temps, de nous passer de chaussures, puisque la plupart des enfants que nous croisions marchaient pieds nus, indifférents au goudron brûlant, aux cailloux qui vous déchiraient les pieds, au sable volcanique.

« Pas la mienne.

— Tu bronzes bizarrement, aussi, a-t-il constaté en me scrutant. Tu bronzes jaune. »

À l'époque, la plage de Boucan Canot était encore accessible à la baignade, mais on entendait partout qu'elle était dangereuse, que les vagues vous fracassaient contre les rochers – c'était la préférée de Charles, évidemment. On entendait d'ailleurs toutes sortes de choses effrayantes sur les différentes plages de l'île : les requins, les courants forts, les chutes accidentelles entraînant des noyades sous l'œil impuissant de badauds peuplaient les conversations quotidiennes, mais la liste des dangers ne s'arrêtait pas là. Le danger. La mort. C'était un sujet de discussion à part entière, que n'importe quelle personne que nous rencontrions entamait, et en les écoutant ma mère restait silencieuse, le regard tragique, une main sur la poitrine. Combien d'adolescents avaient chuté au fond de la Ravine des Patates, un soir d'ivresse ? Combien étaient morts d'hydrocution sous la cascade Langevin ? Quels chiens caresser, quels chiens éviter du regard ? Les arbres étaient-ils des êtres protecteurs, ou d'habiles abris de serpents au venin mortel ? Partout, la beauté sauvage côtoyait le danger, la poreuse barrière de la mort. Charles se baignait dès qu'il le pouvait, dans n'importe quelle zone. Après une excursion au piton de la Fournaise, il s'était jeté d'un rocher depuis le quai de Capucin, fait pour à peu près tout sauf pour qu'un gamin de quatorze ans y plonge. Eau noire, vagues déchaînées, falaises découpées au scalpel. Ma mère lui avait hurlé dessus, inutile silhouette en furie, si fort que les touristes qui passaient s'étaient retournés. Il était ressorti mort de rire, victorieux, une petite tête parmi les flots, avait posé ses avant-bras dorés en équilibre sur un rocher pointu et s'était hissé hors de l'eau sous nos yeux exorbités. Victor et moi, au contraire, aspirions au calme. Nous passions silencieusement nos journées sur les plages, entre deux orages apocalyptiques. Il jouait à une sorte d'échecs chinois avec les touristes solitaires ou les clochards qui traînaient dans les quelques lieux que nous fréquentions. Nous avions emporté peu de livres, et je ne lisais plus. Sur une photographie que ma mère a prise un après-midi juste avant une tempête, on voit Victor inondé par le flash, enveloppé dans la lumière grise et brune sous-exposée d'une plage, torse enfantin nu, casquette en jean délavé inclinée vers la gauche, longs cils encore mouillés formant des petits paquets étoilés que la lumière artificielle fige. Derrière lui, la mer scintille, et s'il n'y avait pas cette part d'ombre, on pourrait croire que nous passons des vacances inoubliables en famille. Sur cette image il a exactement l'air qu'avait mon père sur une photographie que je n'ai vue qu'une fois, dans un album exhumé par une grand-tante, qu'elle avait refusé de me donner à la fin de notre après-midi chez elle vers Viroflay. Son salon puait la bougie parfumée à la myrtille artificielle. J'étais restée abasourdie devant son refus et j'avais rapidement changé de conversation, mais l'envie de la mordre sauvagement au visage ne m'avait quittée qu'au moment où ma mère nous avait informés que nous rentrions. Mon père sur un trottoir du quinzième arrondissement, en veste sombre. Il tourne la tête vers l'objectif, un sourire ironique aux lèvres, les cils très distincts les uns des autres, tranquille face au flash. Derrière lui tout est sombre, on distingue quelques détails de la façade d'un immeuble. Il doit avoir vingt-cinq ans.

5

Tous les jours, mais peut-être ma mémoire accentue-t-elle la fréquence, Charles partait dans l'après-midi jusqu'au kiosque du supermarché d'en bas pour jouer au Rapido. Il fallait descendre notre rue, une rue goudronnée à la va-vite où étaient disséminées quelques maisons sur des terrains en pente raide, jusqu'au rond-point en contrebas, puis bifurquer sur la gauche vers un sentier abandonné qui puait la pisse et l'essence. Charles l'appelait «le raccourci», et ma mère nous avait interdit de l'emprunter seuls, ce que je respectais scrupuleusement alors que ni mon frère aîné ni Victor ne s'en souciaient. Il fallait ensuite passer devant une ancienne station d'épuration en ruine, que bizarrement dans le quartier tout le monde appelait «l'usine à sucre», pour arriver enfin, après avoir enjambé des fossés où traînaient des pneus et des serpents, sur le vaste parking du supermarché. Vision bizarre d'un bâtiment bas et long, aux murs en contreplaqué, posé sur un goudron défoncé que la nature souhaitait visiblement abattre d'une manière ou d'une autre – partout le sol formait des bosses et des cratères, et un arbre, un filao nain, sortait tant bien que mal de la matière noire, à côté de la pompe à essence et d'un bidon en plastique.

«Tu vois, si je gagne, je donne dix mille euros à Maman, et le reste je le divise entre nous trois», me dit-il un jour où je l'avais accompagné, une semaine après notre arrivée. Nous marchions en tongs sur le parking désert, sous un soleil écrasant et moite.

Il y avait chez nous un goût pour l'argent – je veux dire l'argent liquide, l'argent qu'on gagne vite, les billets qui filent entre les doigts. Nous n'étions bien sûr pas assez bêtes pour imaginer qu'avec une somme pareille ma mère serait à l'abri pour le restant de ses jours, mais Charles se sentait tenu de rapporter quelque chose à la maison, je crois.

«Ce serait génial, ai-je dit, n'y croyant pas une seconde.

— C'est le seul jeu auquel ils m'autorisent à jouer», m'a rapidement expliqué Charles en passant une main dans ses cheveux, sans que je comprenne très bien qui «ils» étaient. «C'est très simple, d'ailleurs. Tu choisis des nombres, et s'ils apparaissent à l'écran, tu as gagné. Un tirage toutes les vingt minutes. Vingt-cinq mille euros. Putain, il fait une chaleur à crever aujourd'hui.»

Il a ouvert la porte du kiosque, s'est engouffré à l'intérieur. La différence de luminosité était telle que je n'ai rien vu pendant dix secondes, et j'ai marché en tâtonnant, l'air parfaitement stupide. La salle, beige, était minuscule, enfumée, le sol en lino, le son de la télévision au maximum, quelques tables en plastique supportaient des verres de pastis. La baie vitrée était ouverte, une légère brise aérait partiellement la pièce surchauffée, avec une vue imprenable sur la station essence. Il n'y avait que des hommes, bien plus âgés que ma mère. Le type derrière le guichet a salué mon frère, et m'a lancé un long regard soupçonneux.

Si Charles avait été un enfant particulièrement beau, comme on en voit par exemple dans les publicités pour shampoings, il était devenu depuis quelques mois un adolescent splendide. Physiquement, tous les deux, nous étions pourtant à peu près les mêmes. Même teint mat, même forme carrée du visage, même nervosité dans les gestes. Mais lui avait de longs cils, des yeux d'une couleur indéfinie, presque dorés, qui s'étiraient vers les tempes, des mèches blondes parmi ses cheveux bruns, et un charme qui accompagnait ses mouvements, qu'on sentait de loin, qui vous transperçait jusque sous la peau. Quelque chose qui ne se décrit pas – le bruit du papier froissé, l'hystérie des vagues. Les gens devenaient mabouls avec Charles. Il était pourtant très réservé, mais j'ai vu dans ma vie autant d'hommes que de femmes devenir à moitié fous parce qu'il leur avait accordé un regard. C'était étrange de voir son torse se dessiner, des poils blonds apparaître, les regards des mères de famille se tourner vers lui à la plage. À côté, j'étais tout à fait quelconque.

«Ta sœur..., a dit le type. Elle ne peut pas rester.»

Charles a fait volte-face, interdit, déjà sur la pointe des pieds, la main prête à attraper l'un des bordereaux encadrés de rouge. Il s'est tourné vers moi, vers le type, de nouveau vers moi (j'étais immobile, les yeux écarquillés, et même si je fixais un point invisible devant moi je ne pouvais pas oublier qu'il y avait un énorme dodo jaune en plastique sur mon t-shirt, du genre qui fait pouêt-pouêt si on appuie dessus), et a dit :

« Elle est sage.

— Elle a quel âge ?

— Treize ans. »

Il mentait avec aplomb, une grande innocence dans le regard. C'est de famille.

« C'est trop jeune. Tu vas m'attirer des ennuis. C'est vraiment trop jeune. »

Il y a eu un long silence. Le type évitait mon regard, probablement gêné.

« Viens tout seul la prochaine fois. »

Il s'est tu, a passé un chiffon jaune sur le guichet, trafiqué sa caisse, puis il s'est emporté :

« Toi, passe encore. Mais les endroits comme ici, les jeux de hasard, c'est pas pour les jeunes filles. »

Tout le monde me regardait, à part Charles. Je me rends compte aujourd'hui que c'est l'une des rares fois où j'ai eu l'occasion d'entrer dans la vie secrète, mystérieuse, toujours nimbée de silence et d'illégalité, que Charles a commencé à vivre en parallèle de notre famille. Des années après l'épisode du Rapido, ma grand-mère Lakushka se lamentait régulièrement à propos de Charles et de sa « maladie du jeu ». Mais Charles avait la maladie de n'importe quoi – du jeu, de l'alcool, des drogues, des feux de joie, des clans et des ambiances solennelles et enfumées, tant que le destin s'y jouait en quelques minutes.

Il m'a rejointe dix minutes plus tard sur le parking, sans un mot – ce qui signifiait qu'il avait perdu, et que si je lui posais bêtement la question, il s'énerverait. Il a ri nerveusement, puis s'est essuyé les mains sur son short.

« J'irai tout seul demain. C'est mieux. Ils sont un peu cons. »

Une fois près du rond-point (il marchait lentement, regardait souvent en direction du supermarché), il a fait une pause. Sa chemise était trempée de sueur. J'ai tenté un conseil inutile :

« Il faut respirer calmement, comme ça l'air peut s'infiltrer dans tes...

— L'air ne peut pas s'infiltrer dans mes poumons. Puisqu'il n'y a pas d'air. Voilà tout. » Tout semblait plus aride qu'à l'aller : le paysage, le bruit des insectes, des guêpes, des serpents qui faisaient frissonner l'herbe, le goudron qui fondait sous la chaleur et collait aux semelles des tongs de mon frère.

« Il n'y a pas un putain de souffle d'air sur cette île. »

Ma mère nous attendait devant le portail en regardant sa montre, comme chaque fois que nous partions de la maison. Elle ne disait rien mais je savais que chaque minute que nous passions loin était pour elle une torture – c'était une autre époque, sans téléphone portable, sans traceur GPS, tous ces trucs qu'elle nous aurait probablement greffés si elle avait pu.

« Vous étiez où ? »

J'ai hésité, mais Charles ne cachait rien. De toute façon, ma mère nous a coupés :

« Palma, dis, tu sais, l'école... »

Je la regardais, le visage fermé.

« Tu vas y retourner.

— Quelle école ?

— C'est très sympa, tu verras. (Elle faisait mine de ne pas m'avoir entendue, une main dans les cheveux, le regard en voltige au-dessus de nous.) Les classes ont des toits en feuilles de bananier, il paraît que tu peux y aller en maillot de bain. C'est ce que Rosa m'a dit et c'est vrai que parfois elle raconte n'importe...

— Mais on doit aller à l'école tous les trois. »

J'étais abasourdie. Ma mère a agité la main comme pour chasser une mouche, faisant valser ses bracelets :

« À ton âge c'est compliqué de rater des cours. Et puis tu n'iras que dans quelques semaines...

— Charles est en SECONDE !

— Ne me mêle pas à ça, je te prie », a coupé Charles, torse nu, en s'époussetant les épaules, sa chemise sur la tête.

Je l'ai ignoré en me tournant vers ma mère :

« Je suis inscrite ?

— Eh bien, j'ai un rendez-vous avec le directeur d'un collège la semaine prochaine, oui. » Elle a soupiré.

« Ne me rends pas la vie plus compliquée qu'elle ne l'est déjà. Écoute, on va aller voir la fille d'une amie de Rosa ou je ne sais qui, tu vas prendre ses cours, et tâche s'il te plaît de te coiffer pour une fois, merci. »

La traîtresse. Et Rosa avec. Elle passait son temps ici, à chuchoter très bas et à toute vitesse avec ma mère tous les soirs, et à s'excuser que l'agence immobilière ne l'appelle pas plus souvent. Les heures qui ont suivi, je n'ai pas cessé de harceler ma mère, hurlant chaque fois plus fort, mais elle avait réponse à tout : la sixième était une classe primordiale, Victor était en avance et plus petit, le lycée où Charles aurait pu aller fermait dans trois semaines et demie à cause des épreuves du bac. Après le dîner, dans un silence rageur, pendant que Victor et Charles tentaient de faire fonctionner le robot antédiluvien pour nettoyer la piscine verte et pleine de vase, j'ai suivi ma mère dans sa Peugeot de location moche. La fille de l'amie de Rosa, qui s'appelait apparemment Anaïs, habitait dans un quartier très éloigné du nôtre.

«Il paraît qu'il y a des coupeurs de route, dans le coin...», a lancé ma mère, quelques secondes après avoir quitté notre rue.

Je n'ai pas répondu. Elle a continué, mal à l'aise:

«Des types qui te barrent la route la nuit, qui te kidnappent et te font les pires horreurs. Affreux.»

Elle a vérifié que les portières étaient verrouillées et a frissonné. J'ai grommelé:

«Je préférerais plutôt ça qu'aller à l'école dans ce trou perdu.»

Ma mère a soupiré et n'a plus rien dit. Elle parlait peu. Je détestais arriver à la phrase ultime, la stupidité de trop qui la condamnerait au silence pendant des heures. Elle suivait des yeux le coucher du soleil sur le lagon tout en tirant sur sa cigarette. J'ai touché tous les boutons de l'autoradio, par provocation. Au bout de quinze minutes qui m'ont semblé trois heures (elle conduisait vite, les mains crispées sur le volant), elle a enfin mis le clignotant, a ralenti, puis a coupé le moteur et a lâché un sifflement admiratif en relevant la tête. Nous étions garées devant un portail en fer forgé. Des rangées de palmiers et de bananiers dépassaient des hauts murs, et derrière la petite maison collée au portail – celle du gardien – on voyait s'épanouir le toit d'une maison à colonnades, comme sur les dessins encadrés dans le couloir, chez Rosa.

«Qu'est-ce qu'on fout là?»

Ma mère aussi écarquillait les yeux.

« Ce qu'on fout là, ce qu'on fout là… C'est chez eux, là. (Elle m'a montré du doigt un coin du parc.) Regarde, Palma, il y a une troisième maison, plus petite, là. On la voit mal, mais regarde. (Elle comptait sur ses doigts.) Trois maisons. »

J'ai grogné. Ses yeux ont continué à balayer le parc lorsqu'elle a soupiré et m'a dit :

« Palma, s'il te plaît, je sais que tout ça t'embête, mais tâche de sourire et d'être polie. Ou au moins de sourire. »

Elle s'est tournée vers moi puis, d'un mouvement brusque, alors que jamais, jamais, ma mère ne faisait une chose pareille, elle m'a attrapé le visage des deux mains et m'a regardée fixement. Je ne bougeais plus. Ses yeux brillaient à cause des lumières du jardin, et c'était si rare de voir ma mère si près, de pouvoir compter chaque cheveu de sa frange, de sentir mes joues si fermement enveloppées dans ses mains froides que j'ai failli éclater en sanglots et lui dire, pour la seule et unique fois de ma vie, que je l'aimais. Mais son regard s'est focalisé derrière moi, elle a desserré l'étreinte, a ramassé son sac, et elle est sortie de la voiture en ajoutant : « Et dis bonjour bien clairement. Tu articules. »

C'est une femme noire qui est venue nous ouvrir. Anaïs la suivait, en peignoir vert, une serviette enroulée autour de ses cheveux mouillés. C'était marrant, j'avais envie de montrer ça à Victor mais il n'était pas là, c'était marrant à quel point la couleur bouteille de son peignoir se fondait dans les plantes grasses du jardin, de sorte que seule une tête pâle avançait vers nous. Derrière elle, dans un décor brouillé, je voyais apparaître la tache verte d'une piscine, les lumières douces des fenêtres d'un foyer, le feu brandi par les statues égrenées dans le parc. Ses pieds nus, sa démarche, chaque centimètre carré autour d'elle étaient nimbés d'une lumière étrange, comme si irradiait d'elle quelque chose qui m'était inconnu et le resterait. Elle devait avoir mon âge, les cheveux bruns et épais coupés en carré long, la peau très blanche, des taches de rousseur partout. J'ai pensé qu'elle n'était pas si belle que ça, avant de me rendre à l'évidence : à côté d'elle, avec mon t-shirt à dodo en plastique, mes tongs bleues à l'effigie de Mickey et mes trente-cinq kilos, j'avais l'air aussi jeune et bête qu'asexuée. Elle m'a lancé un long regard calme.

« Bonjour, ai-je dit, articulant pour faire plaisir à ma mère.

— Bonsoir. »

Ma mère et moi souriions nerveusement. La femme qui nous avait ouvert ne parlait pas et arborait, elle aussi, un grand sourire. Personne ne disait rien. Anaïs nous tournait le dos et a saisi un sac qu'un homme tout petit, et de toute évidence créole, lui tendait. Était-ce son esclave ? J'étais tellement désorientée que j'ai hoché mécaniquement la tête plusieurs fois pendant les longues minutes qui ont suivi, et où il a été question de remerciements, de photocopies et de cahiers à rendre à telle date, puis de questions banales auxquelles ma mère répondait avec un naturel forcé.

« Ils étaient où, ses parents ? » ai-je demandé, une fois dans la voiture.

Ma mère regardait dans le rétroviseur en reculant, droite sur son siège, la bouche entrouverte, très concentrée.

« Et c'était qui, ces gens avec elle ?

— Des domestiques, je crois… Non, non, ne t'énerve pas, je ne sais pas si c'étaient des domestiques…

— Je vais aller à l'école avec elle ?

— Palma, je n'en sais rien. »

Dans le silence nauséeux qui a suivi, elle a dit, un bras derrière mon siège : « Essaie de te dire, mon chou, je sais que c'est dur, laisse-moi finir ma phrase merci, essaie de te dire que quand tu détestes quelqu'un à la seconde où tu le vois, ce n'est pas de sa faute à lui. »

Ma tête ballottait au rythme des nids-de-poule. Devant nous, le reflet bleu métallique, presque irréel, de l'océan se découpait sur le pare-brise. Une question, la seule qui me semblait digne de sens depuis le début de toute cette merde (cette merde étant la vie après mon père), tournait en boucle dans ma tête : À quoi bon ? Jusque-là, le deuil, comme l'appelaient les quelques psys que nous avions dû voir et qui n'avaient servi à rien (sourires condescendants, feutres et feuilles blanches sur lesquelles une femme à lunettes qui sentait la naphtaline me demandait d'« extérioriser mes pensées les plus noires »), m'avait contournée. Il ne me frappait pas de plein fouet. Il se glissait dans des détails, quand je me levais plusieurs fois la nuit pour mettre un doigt sous le nez de mes frères, quand j'avais la sensation, en pleine rue, qu'une catastrophe imminente allait arriver. N'importe quoi : attentat dans un café ou dans l'immeuble, chute accidentelle de ma mère depuis l'un des balcons (morte sur le coup), visite des flics annonçant un drame à propos de l'un de mes frères, perquisition, n'importe quoi. Je m'imaginais seule dans une gare bondée, courant de voie en voie sans but, aucun proche n'attendant mon retour et nulle part où aller – et, bien pire encore, je voyais défiler dans ma tête des images de mes frères seuls à des guichets vides, incapables de se souvenir de leur numéro de Sécurité sociale ou de leur adresse, au milieu de deux fonctionnaires en costume qui ne voulaient rien savoir. Mais tout cela était rare, d'ordinaire. La vie était presque légère, un flot libre et angoissé, les blagues de Victor et les cigarettes que ma mère fumait le matin dans la cuisine, les paysages modelés par la vitre de la Peugeot, notre vie sans passé, cette île où personne ne connaissait rien de nous et où, d'ailleurs, nous ne disions jamais rien. Mais ce soir-là, tout (la maison d'Anaïs, la lourde odeur du jasmin qui entrait par la vitre baissée) me renvoyait au trou noir écœurant, si poreux que rien, aucun sentiment, aucun futur, n'y tenait, et qui était visiblement notre vie depuis trois mois. Et ma mère était ce petit Spartiate qui préfère se faire dévorer le ventre par un renard qu'il a caché sous sa toge plutôt que se faire prendre.

Personne, d'ailleurs, ne parlait plus de mon père. Tard le soir, j'entendais parfois ma mère chuchoter précipitamment avec Rosa, près du portail du jardin, avant que le moteur d'une voiture rugisse dans la nuit. Mais mes frères et moi gardions un silence gêné. Son odeur autour de nous avait disparu, et aucun des objets qu'il possédait n'avait traversé l'océan, hormis une biographie débile sur Marilyn Monroe que Victor avait fourrée dans son sac à dos. Je me rendais compte, à mesure que la voiture s'éloignait, que je ne connaissais plus rien de ses habitudes, sa manière de fumer (jambes croisées, le pouce posé en équilibre sur le menton), que je me rappelais difficilement sa date de naissance (le 2 février ?). En rentrant, je suis passée devant Victor et Charles qui jouaient silencieusement aux échecs sur la table en plastique rouge du salon vide, et une fois dans la chambre je me suis jetée sur l'un des matelas, qui s'est légèrement dégonflé sous le choc. Le sac qu'Anaïs m'avait donné a fait un bruit mat en atterrissant à l'autre bout de la pièce, et les cahiers propres et ordonnés, avec une étiquette où était écrit au stylo-plume « Anaïs Thibault », se sont éparpillés sur le carrelage blanc. Dehors, le ciel était violet et rose, bleu marine, doré, et je me suis efforcée de ne pas le prendre comme un signe de « là-haut », comme disaient les gens éplorés que Charles, Victor et moi méprisions. Même – et c'était si terrible d'y penser que je préférais ne pas voir la vérité en face –, même sa voix, je ne m'en souvenais pas. Elle revenait timidement puis s'échappait vers une région cruelle que je ne pouvais pas atteindre, et il me fallait des efforts d'imagination pour l'entendre me dire des phrases banales, des phrases qu'autrefois j'entendais tous les jours et que je ne relevais même pas – « Palma, range-moi ce bordel, s'il te plaît ».

« Borderline. »

J'ai sursauté. Ma mère se tenait dans l'encadrement de la porte. Elle fixait la biographie sur Marilyn Monroe, posée dans un coin de la pièce, à côté du matelas que Victor partageait avec Charles.

« Encore une borderline », a-t-elle soufflé.

Elle avait l'air un peu folle, les cheveux ébouriffés, les yeux brillants.

«Parce que tu sais, non, que Marilyn Monroe était borderline ?

— Je ne sais même pas ce que ça veut dire borderline.

— Et tout le monde la trouve géniale maintenant, alors qu'elle a souffert comme un chien. Tout le monde trouve ça charmant, son air fragile, ses yeux complètement drogués. Tu parles.» Elle a tourné le dos et a crié en partant vers la cuisine :

«Borderline, borderline... Ils sont partout, tiens. Tous pareils.»

Je n'ai jamais su si le message m'était destiné, si elle pensait m'avertir des dangers de l'existence. Car qui connaît mieux les êtres que leur propre mère ? Qui aurait pu nous mettre en garde contre les prédictions qui planaient au-dessus de nos têtes – enfance traumatisante, adolescence difficile, effondrement à l'âge adulte, drames et divorces à répétition, puis mort mystérieuse, après nous être vautrés dans l'alcoolisme ou la pauvreté, ou quelque chose de joyeux dans ce genre ? Ou s'adressait-elle à mon père ?

6

Nous nous sommes rapidement rendu compte, et elle la première, que ma mère travaillait peu. Rosa avait exagéré, ou on lui avait menti : ma mère n'était en fait qu'extra et essayait de vendre quelques maisons un ou deux jours par semaine. Quand on l'appelait, elle se rendait consciencieusement au travail – mais le reste du temps elle était nerveuse et silencieuse. Nous n'avions pas d'argent, comme me l'avait fait remarquer Victor un soir où je me plaignais de ne pas avoir la télévision. « Ne t'attends pas à ce qu'on l'ait de sitôt. » Il tenait un escargot violacé entre ses doigts et essayait de lui faire manger un peu de chèvrefeuille.

« Pourquoi ? »

Il s'est accroupi, et j'ai compris en le voyant examiner l'escargot qu'il cherchait un orifice ressemblant de près ou de loin à une bouche.

« Mange, allez. » (Il a relevé la tête, m'a regardée en plissant les yeux.) « Tu n'as pas remarqué ? Premièrement, on n'a toujours pas de meubles. »

Ma mère avait acheté en solde une table en plastique

rouge pour la cuisine, mais nous n'avions qu'une chaise. Charles avait dégoté dans la rue un matelas à fleurs qui faisait office de canapé, sur lequel nous prenions le petit-déjeuner les jours où il pleuvait.

« Ensuite, nous n'avons pas le téléphone, ce qui, tu l'as remarqué aussi, ne déplaît à personne. »

Rue Chauvelot, après la mort de mon père, le téléphone sonnait sans interruption, à toute heure du jour et de la nuit (j'entendais ma mère gémir à l'autre bout de l'appartement, puis le bruit des draps froissés), et lorsqu'elle décrochait, elle restait silencieuse la plupart du temps, les yeux rivés au sol, se rongeant l'ongle du pouce dont il ne restait que quelques millimètres.

« Ici, personne ne peut nous atteindre. C'est d'ailleurs le but, j'imagine. Et puis enfin (il pointait le doigt vers les placards blancs de la cuisine), on ne bouffe que du riz et du maquereau en boîte. »

Ma mère avait entendu à la radio que le maquereau apportait tout un tas de vitamines, de nutriments et de minéraux aux adolescents en pleine croissance, et comme c'était la seule chose à peu près abordable dans les supermarchés ici, elle en achetait des boîtes par lots de douze. Maquereau à la moutarde, maquereau en vinaigrette, maquereau aux échalotes, maquereau au beurre citronné, et un audacieux maquereau au miel et gingembre, qu'elle avait commenté d'un péremptoire « Dégueulasse » lorsqu'elle en avait mâché la première bouchée. Charles ouvrait continuellement la porte du frigo, fixait son contenu d'un air résigné, puis la fermait, avant de l'ouvrir à nouveau dix minutes plus tard. En entendant ça, j'avais eu le vague espoir que ma mère n'aurait pas les moyens de me mettre à l'école pour les quelques semaines qui restaient avant les vacances d'été. « Non, non. » (Il avait secoué son index sous mon nez.) « L'école, c'est gratuit », avait assené Victor, qui lisait tout le temps dans mes pensées. J'ai poussé un long soupir : « Les escargots ne mangent pas de feuilles, Victor. »

Une ou deux semaines plus tard, j'ai fini par céder aux ordres (devenus supplications, puis menaces) de ma mère, et j'ai accepté de retourner chez Anaïs pour lui rendre ses cahiers. Je n'avais aucune envie de la revoir, elle m'intimidait bien plus que je ne voulais l'avouer, et la compagnie de mes frères me suffisait largement. Personne ne pouvait m'aimer comme eux.

Personne, d'ailleurs, ne m'aimerait jamais comme eux. Le besoin de relations extérieures était moindre, particulièrement en zone de turbulence – repli guerrier. Mais ma mère avait rempli les formulaires d'inscription. Je devais effectuer mon premier jour le lundi suivant (en apprenant la nouvelle, j'avais vomi d'horreur sur les chaussures de Victor, dont j'entends encore les hurlements outrés), et Rosa avait plusieurs fois mentionné le fait qu'Anaïs attendait ses cahiers. J'avais passé des jours plongée dans ses petits carnets reliés Clairefontaine, à relire son écriture ronde et appliquée aussi touchante qu'exaspérante et à jubiler en constatant que mademoiselle Thibault était parfois un peu bête.

« Elle ne sait même pas ce qu'est un carré, ai-je pouffé vers Victor, le nez plongé dans son cahier de mathématiques. Elle a dessiné un losange. »

Victor a jeté un œil indifférent par-dessus mon épaule.

« Elle a tracé l'angle, donc techniquement, c'est correct. »

J'ai levé les yeux au ciel.

« Mais enfin, il faut être complètement stupide pour dessiner un carré pareil, tout le monde sait quand même à quoi ça ressem...

— Ce sont des maths, Palma. Tant que tu représentes les symboles correctement, c'est exact. Qu'importe si un carré a la forme d'un losange, ce n'est pas la représentation qui compte, mais ça (il a posé la main sur le minuscule carré dans un coin) : le symbole. »

Il m'agaçait. Pas une seule fois je n'avais été jalouse de l'intelligence pointue, glacée de Victor, mais sa froideur et son sens éthique de la justice, bien loin de ma mauvaise foi et de celle de Charles, m'exaspéraient.

« Tu vois ce que je veux dire. »

Il regardait au-dessus de la piscine, par-delà le jardin, vers le lagon.

« Non, me répondit-il, une main se frottant les paupières, comme s'il avait soixante ans et non huit. Pas du tout.

— Elle a écrit bien pire », ai-je continué, sans paraître perturbée le moins du monde. Anaïs n'était pas, et de loin, aussi idiote que j'aurais adoré qu'elle soit, mais des détails me ravissaient méchamment : elle racontait n'importe quoi en géographie, ses comptes-rendus de lecture étaient la plupart du temps ineptes ou à moitié vides, et son anglais était franchement à la traîne.

« Elle ne fait même pas de latin... »

Je n'en faisais pas non plus, mais personne ne m'écoutait. J'avais cru bêtement que le niveau scolaire à La Réunion serait plus faible qu'en métropole, mais pas du tout.

Avoir raté deux mois et demi d'école était suffisant pour que je sois larguée : je ne me rappelais plus la moitié de mes cours d'histoire-géo, les termes « naissance du monothéisme » et « espaces de faible densité » ne m'évoquaient rien, je n'avais plus aucune idée de ce qu'était une fraction simple, et je ne savais pas (je n'avais jamais su) nommer chaque os et chaque muscle de la jambe humaine. J'avais dû travailler tard, tous les soirs, pendant que mes frères riaient bêtement dans le jardin en arrachant des feuilles de bananier, ou qu'ils discutaient avec ma mère, le bruit de leur conversation dans la pièce d'à côté berçant mes lectures.

*

Là encore, on m'a ouvert le portail, et Anaïs m'ayant précisé que je pouvais rester dîner, ma mère a démarré en me répétant pour la troisième fois qu'elle serait de retour à vingt et une heures, regard anxieux et tout. J'ai marché comme on me l'avait indiqué jusqu'à la troisième maison, celle que ma mère avait repérée lors de notre première visite, une maison basse et plus petite, légèrement en retrait de l'édifice principal – un truc incroyable, bleu ciel, avec des colonnes et une piscine verte gigantesque au milieu de laquelle brûlait un flambeau au bras d'une statue de marbre. Elle m'attendait sur le canapé dans une pièce tout en largeur – sa salle de jeux. Peignoir blanc, serviette blanche, pieds nus, l'air calme et tranquille, quand elle a lentement levé la télécommande sans quitter des yeux la télévision, puis l'a éteinte avant de se lever pour me saluer. Pas spécialement gentille. Toujours des taches de rousseur partout. Elle m'a posé une ou deux questions sur les cours, a soigneusement vérifié l'intégralité de ses cahiers (j'attendais debout à côté, aussi gênée qu'horrifiée), un silence un peu pesant s'est installé. La domestique, car c'était bien une domestique, avait fermé la porte. La pièce était climatisée, basse de plafond, presque sombre grâce aux lumières tamisées. Parquet en cerisier qui craque sur lequel on avait posé quelques tapis persans très clairs, petite table ronde du même bois et sous-main vert pour jouer au poker, canapé d'angle, table basse, télévision à écran plat, aquarium, fenêtre ouverte où des branches de palmiers s'engouffraient depuis le parc, bibliothèque en chêne vitrée dont je me suis approchée pendant qu'elle fronçait le nez en relisant son cahier de maths. *Moby Dick*, Jules Verne, des éditions plutôt élégantes, rien à voir avec les miennes, colorées et rangées au fond d'un carton dans un garde-meubles de banlieue, Daniel Pennac, Bibliothèque rose, *Le racisme expliqué à ma fille* (j'ai imaginé la tête de Charles en voyant ça), mais aussi des écrivains que je ne connaissais pas : Aimé Césaire, Léopold Sédar Senghor, et plusieurs exemplaires de la Bible.

« Tu veux ? »

Elle me regardait fixement, les mains posées sur une petite boîte ouverte au couvercle en bois noir orné d'une patte de lion en laiton.

« Quoi ?

— Tu sais, ça... »

Je me suis approchée. De près, son odeur me rappelait le vétiver. Au fond de la boîte, il y avait tout un bordel de feuilles et de briquets, et un petit cube marron, que j'ai rapidement identifié comme étant du shit, puisque j'avais lu à peine trois mois plus tôt dans le journal de mon collège, en métropole, un article intitulé « Le haschich, ce fléau » avec des photographies en noir et blanc sur le mode tragique. J'ai haussé les épaules. Elle m'a regardée un bref instant et a probablement estimé que j'étais vraiment ignare puisqu'elle a pouffé :

« Ton frère, il connaît ça. »

Elle a répondu avant même que je lui pose la question, agitant un briquet :

« Juste une soirée, vers le Trou d'Eau, le week-end dernier. Il était là. Pure coïncidence. » Charles ne m'avait rien dit.

« Oh, j'ai commis un impair ? a-t-elle demandé d'un air faussement innocent, les yeux baissés sur le joint qu'elle allumait.

— Non, ai-je répondu en essayant de garder un air indifférent. On vient d'arriver, c'est... C'est bien qu'il sorte. Il s'ennuie ici, je crois.

— Ouais, a-t-elle répondu, un peu agacée. Comme tous les expats.

— On n'est pas expats. »

Elle avait les yeux qui brillaient, malgré ses paupières tombantes. Il y avait quelques secondes de décalage dans ses réponses. Chacun de ses gestes exhalait son odeur, et je me suis rendu compte que je n'avais aucune idée de ce que je sentais, moi.

« C'est qui, ces gens qui m'accueillent à chaque fois ?

— Anouk ? »

Elle levait des yeux étonnés vers moi.

« Oh, Anouk, elle s'occupe de moi. Une sorte de nounou,

quoi. Depuis toujours », a-t-elle répondu avant même que j'aie ouvert la bouche.

Elle a glissé son espèce de cigarette au bord d'un petit cendrier, a fait lentement rouler l'extrémité de manière à ce que la cendre se tasse, puis l'a posée. Dos droit, port de tête très haut, jambes et bras croisés, elle me fixait. Pas méchamment, plutôt avec une sorte de curiosité violente. Comme si elle allait me manger.

« Et toi ? Comment est mort votre père ? »

Et voyant mon regard interloqué :

« Rosa m'a expliqué. Charles aussi. »

C'était une question simple, mais elle m'a déroutée. En fait, personne ne me l'avait posée. C'était tacite, entendu – mon père était mort, voilà. Nous savions sans savoir. Il était mort de manière subite et nous avions entendu ce que les gens murmuraient autour de nous : décès tragique, jeune père de famille, trentenaire, arrêt cardiaque brutal, quelque chose à voir avec des médicaments, peut-être un surdosage, un mauvais mélange, ma mère nous avait expliqué la chose sans réellement l'expliquer, tout comme les flics et les pompiers qui ce jour-là avaient fracassé la porte d'entrée et m'avaient soulevée comme une petite poupée de chiffon (un jeune au stress contenu, dont le regard débordant de compassion m'a transpercée, m'avait entourée de ses bras, ma joue touchait la matière bizarre de sa veste, une matière comme le scratch de mes baskets, pendant que trois de ses collègues investissaient la chambre parentale et qu'un autre était agenouillé près de ma mère).

Elle a claqué la langue.

« Charles non plus ne savait pas. »

J'ai sondé ma mémoire à la recherche de la moindre information précise que j'avais à ce sujet-là.

« Si, si, je sais. Je sais. Une erreur médicale. Quelque chose avec les médicaments. »

Elle m'a regardée longuement sans répondre, puis a levé une jambe, a tiré son pied en pointe, comme une danseuse classique surentraînée. Ses manières assurées, précises, son air suffisant alors qu'elle devait avoir douze ans et demi à tout casser, tout me fascinait, me renvoyait à mes défauts : manque de confiance en moi, attitude rêveuse, bouche ouverte devant cette fille qui sentait le feu de bois.

J'ai minutieusement fixé un coin du tapis jusqu'à ce que la question m'échappe :

«Tes parents sont où ? »

Elle a recraché la fumée lentement en me fixant droit dans les yeux, comme pour me sonder, ou me mettre mal à l'aise. Je ne sais pas pourquoi, j'avais envie qu'elle pleure.

« C'est une vraie bombe, ton frère. Il devrait poser pour des pubs Calvin Klein. »

Elle s'animait, les joues roses, l'air solaire et idiot. Puis elle a répondu à ma question en regardant ailleurs :

« Ils travaillent. PDG. Mon père. Et ma mère... (Elle a grimacé, indécise.) Disons qu'elle l'assiste. Recyclage de métaux précieux », a-t-elle précisé en voyant mon regard interrogateur. Nous sommes restées là sans parler, un moment qui m'a paru trois siècles, jusqu'à ce que je constate sur son horloge murale que douze minutes seulement s'étaient écoulées. Son peignoir s'était entrebâillé pendant ses allers-retours incessants du canapé à la table ronde. Elle s'est allongée sur un coude, dans une attitude que j'ai pensée langoureuse, et s'est mise à tapoter nerveusement sur la table. Comme un chat qui joue, qui joue trop, et s'énerve ensuite – vous mord, vous griffe, essaie de vous déchiqueter. Puis d'une main experte, elle m'a tendu le joint, à quinze centimètres sous mon nez, sans même tourner la tête vers moi. Elle avait l'air d'avoir au moins quarante mille ans d'expérience. Je n'avais évidemment jamais fumé une cigarette de ma vie, si on omet les innombrables clopes que ma mère et Charles fumaient en ma présence et dont j'adorais l'odeur, même tôt le matin, surtout quand elle était mêlée à celle du cuir des vestes de ma mère, ou au café. Un goût bizarre. Je m'attendais à tomber immédiatement dans les pommes, mais pas du tout. Je ne sentais rien. Au bout de quelques secondes, pourtant, il y a eu des lueurs dans la pièce que je trouvais plus intenses, peut-être plus fortes, en tout cas je les sentais vibrer doucement. Les lumières, les lampes, mes pensées. Et ces putains de réverbères partout, où qu'on aille. L'odeur d'Anaïs emplissait la pièce, une odeur qui me donnait envie de plonger la tête dans son cou pendant qu'à la télé un présentateur inconnu mentionnait qu'on se battait quelque part dans le monde, une odeur de peau propre et de mousse au pied des arbres, une odeur qui m'envoyait valser assez loin. Un petit coup dans l'abdomen. Et cette raie en zigzag dans ses cheveux bruns, c'était hyper hyper hyper beau. La manière dont tombaient ses cheveux encore mouillés sur ses épaules, une sorte de carré parfait éparpillé en mille araignées aux pattes longues, laissant des traînées d'eau sur sa peau très claire, j'aurais pu regarder ça toute ma vie. J'ai essayé de lui parler des araignées sur sa peau mais j'ai rapidement abandonné, et j'ai pouffé de rire. Aucune envie de m'expliquer. Aucune envie de rien, si ce n'est celle de la mordre, oui je crois que c'était ça, un petit monstre à l'intérieur de moi me disait de la mordre dans un décor de plantes grasses et de verrières, et j'ai eu peur tout à coup, alors j'ai joué la seule carte que je peux jouer depuis toujours : lui raconter une histoire, parce que c'était ça qui marchait, d'ailleurs se rendait-elle compte à quel point j'étais contente de discuter avec une fille de mon âge, même si elle était à la limite du supportable ? Elle s'est lovée un peu, comme j'ai vu ensuite plein de filles le faire, en général pour des mecs : se tasser le cul de travers dans un coin du canapé, minauder, les yeux fixés sur vous comme des putains de psychopathes, un truc qui veut dire « Oh s'il te plaît raconte-moi une histoire », et qui vraiment ne marche qu'une fois sur trente. Si vous avez vraiment envie de raconter une histoire. Si vraiment la fille en face est géniale – et je ne parle pas de physique. La seule personne à qui j'acceptais de raconter des histoires, d'ordinaire, c'était Victor. Mais là, bon. J'ai voulu lui expliquer les sensations que me procurait son odeur de vétiver, et puis un truc inexplicable, je sais quoi, sa voix cassée peut-être, une voix à vous briser le cœur vraiment, imaginer cette voix au bout du téléphone me donnait la chair de poule parce que toutes les choses qu'elle pouvait dire étaient magnifiées par cette voix, même des choses très banales comme « Ça va ? ». Mais je ne pouvais pas lui dire ça. Alors je lui ai dit ce que je voulais faire plus tard, à cette époque très simplement braqueuse de banques, elle a beaucoup aimé, sa petite lueur dans l'œil allumée à dix mille pour cent, ça faisait son effet, c'était simple, puis j'ai commencé une longue tirade qui semblait ne jamais devoir s'arrêter sur l'énergie des lieux (je parlais très vite et d'une manière extrêmement précise selon moi, même si chaque phrase prononcée paraissait s'effacer à la minute où je la formulais à haute voix, et je ne me rappelais plus rien, un monologue sans fil), je ne sais plus pourquoi je parlais de ça, ah oui, si je n'avais pas quelque part un toit, un foyer avec des gens, tu sais Charles et tout ça, qui m'attend, jamais je ne pourrais supporter tout ça, même si, tu vois, c'est supportable la plupart du temps, mais dans l'absolu... Et plus je parlais, plus j'avais envie de parler, toute ma vie avec cette fille dans son canapé moelleux, ses yeux brillants qui me fixaient comme si elle avait trouvé un trésor, ma voix basse pendant que je caressais mon bras du bout des doigts. Tout y est passé, c'était comme un liquide qui se déversait enfin, des hectolitres de trucs que je n'avais pas dits : la mort de mon père dont j'avais envie de parler tout le temps avec tout le monde mais c'était impossible, et pourtant (j'appuyais ma main sur son bras, elle répondait à ma pression), pourtant j'ai envie de raconter toute l'histoire, en long en large en travers tu vois, nécessité de tout décortiquer, de parler de l'anéantissement que c'est et du chaos pas possible que crée la disparition d'un être et comment veux-tu que je survive si je vois encore ma mère galérer comme ça toute ma vie, c'est vraiment dégueulasse, observer mes frères en priant à chaque fois pour qu'ils ne souffrent pas comme moi je souffre alors que je sais pertinemment que c'est pareil, tu vois, les garder avec moi pour toujours et d'ailleurs comment est-ce que... Elle s'était levée sur un bras, l'une de ses épaules complètement nue :

«T'as pas faim ?»

Si, et Anouk était discrètement venue nous apporter une charlotte à la goyave sur de petites assiettes vertes, la meilleure charlotte que j'aie mangée de ma vie, et puis ouais enfin observer mes frères et ma mère et essayer de ne pas trop souffrir pour eux, et toi qu'est-ce que tu veux faire quand tu seras grande, je ne sais pas, avocate ou vétérinaire, ah oui pas mal, puis je continuais sur mon père et je racontais n'importe quoi, des choses fausses pour le valoriser inutilement alors que clairement Anaïs s'en foutait : il parlait cinq langues, elle acquiesçait, le regard un peu morne, parfois prise d'un fou rire sans raison, mais je comprenais son rire, pas besoin de parler, et elle ne m'interrompait pas, ne m'interrompait jamais, elle me laissait parler en brûlant de temps en temps du papier d'Arménie. Va savoir. Enfin toujours est-il que son épaule nue l'était encore et chaque fois qu'elle se penchait, son peignoir s'ouvrait un peu et je voyais sa peau parfaite, ce qui pour la première fois de ma vie me faisait un truc bizarre, chaud dans la gorge, et comme une petite pulsion animale similaire à la fois où j'avais consciencieusement écrasé un escargot juste pour voir ce que ça faisait. Elle surprenait parfois mon regard, et d'un air indolent me lançait des sourires, et tout ça me paraissait naturel, les énergies entre nos corps se comprenaient parfaitement, elle levait un bras, mon regard s'attardait sur la pâleur de sa peau, elle souriait en me dévisageant. Si près. Elle était si près, c'était vraiment la seule chose à faire. Quelques minutes plus tard :

« C'est n'importe quoi, sur cette île », ai-je déclaré très sérieusement.

Elle a haussé les épaules, avec une petite moue satisfaite :

« Pas pour rien qu'on l'appelle l'île intense. »

Cela me paraissait insurmontable de me lever de ce canapé et de rejoindre le monde réel, ailleurs, là-bas, parce que dans ces lieux gigantesques et inutiles l'odeur de vétiver, la fumée, la peau magnétique d'Anaïs et sa bouche chaude ne m'atteindraient pas. Et si elle arrêtait de me fixer, je le sentais, j'allais passer d'un état de grâce – un état chaud et enveloppant que je n'avais pas senti depuis des mois, que je n'avais même peut-être jamais senti – à une tristesse lourde et sale qui me clouerait au sol et dont je ne me relèverais jamais. Si elle arrêtait de me regarder, c'était du moins ce que je me disais et j'avais tort, j'allais partir en arrière, mon cerveau allait basculer dans la région dangereuse, pleine de marécages, qu'abritait un recoin de ma tête et que j'évitais soigneusement depuis des semaines. Cette région comprenait non seulement tous ces gens laissés derrière nous, ma grand-mère Lakushka, seule dans sa petite maison aux murs jaunes, probablement en train de boire une tisane assise près de la baie vitrée de la cuisine, mais aussi des personnes qui semblaient anecdotiques et ne l'étaient pas : mon ancienne institutrice et ses boutons de fièvre hebdomadaires, le clochard du square Georges-Brassens à qui ma mère me faisait apporter des boîtes de conserve et des couvertures, le couple de boulangers d'en bas qui nous fourraient des gâteaux dans la bouche chaque fois que nous les croisions dans le hall, Louise, que je connaissais depuis nos trois ans, et bien sûr – car le vent salé qui gonflait les cheveux d'Anaïs semblait trimballer son odeur, l'odeur qui émanait de lui les derniers jours avant sa mort et que j'avais refusé de sentir –, bien sûr, mon père, seul dans notre ancienne ville, enfermé dans notre appartement, se triturant la cervelle pour savoir où nous avions bien pu passer. Il était mort, j'avais vu son corps allongé par terre, et c'était pourtant impossible pour moi de ne pas imaginer sa silhouette maigre se lever et s'asseoir dans la cuisine de la rue Chauvelot, puis se lever, faire les cent pas dans le couloir de l'entrée jusqu'à ce qu'enfin il entende le bruit de la clef dans la serrure et se mette à engueuler ma mère d'être partie si longtemps avec nous sans avoir donné de nouvelles. Il y avait un océan entre nous, des pays et des continents, et en prenant l'avion nous avions dit adieu à tout cela. La porte était fermée pour de bon. Cette région, glacée et dégueulasse, c'était la terreur pure. Il ne fallait pas que je m'en approche.

*

Lorsque j'ai posé mes tongs en plastique dans le jardin pour rejoindre ma mère, garée devant le portail, la fraîcheur m'a surprise. Le monde continuait de tourner. J'étais préoccupée à l'idée que mon air ahuri me trahisse. Mais c'était L'Agence qui m'attendait devant la Peugeot.

«Ta mère était occupée à parler avec tes frères.

— Parler de quoi?»

Rosa avait l'air sombre, en retrait, comme un animal blessé. Elle parlait encore plus lentement que d'habitude. J'ai pensé quelques secondes qu'elle devait se sentir gênée d'être seule avec moi, mais elle n'a pas répondu. Elle semblait préoccupée, et j'étais tellement paranoïaque que mon cœur s'est emballé, davantage encore lorsque, après un petit moment de silence, elle a croisé mon regard dans le rétroviseur (avait-elle senti l'odeur?) :

« Ne fais pas trop de bêtises, Palma... Anaïs, tu sais, c'est une fille adorable, bien sûr, famille difficile, on peut comprendre certaines choses, mais c'est le genre à faire des conneries.

— Jusqu'à présent, je n'ai pas fait de conneries », ai-je répliqué en essayant de parler le plus vite possible pour qu'elle ne voie pas à quel point j'étais embrumée et en croisant les doigts très fort, comme chaque fois que je mentais. « Et puis je m'en fous, d'Anaïs.

— Ah?

— Plutôt, oui. »

Rosa a soupiré. Puis, après une minute ou deux :

« Retiens Charles. Retiens tes frères. »

Elle parlait d'eux comme s'il s'agissait de chiens qui allaient mordre.

« Ta mère a assez de soucis comme ça. Et les hommes... Tu sais (elle hésitait, et je sentais qu'elle se demandait s'il fallait me livrer le fond de sa pensée ou si elle devait avoir peur de moi), les hommes, il ne faut pas tellement compter sur eux. C'est pour ça que les femmes... Nous, les femmes, nous devons rester sages. »

Je ne comprenais rien du tout. Elle a insisté :

« Tu l'as bien vu avec ton père... »

Elle a dû deviner qu'elle n'avait aucun droit de parler de mon père parce que alors elle a évité mon regard et a légèrement tourné la tête du côté du lagon, qui défilait à notre gauche. Elle n'en avait pas le droit, personne n'en avait le droit, surtout pas ce soir-là où il me semblait comprendre davantage de choses que d'ordinaire : je sentais vibrer au bout de mes doigts les esprits, les âmes des animaux et de tous ces gens morts dans l'eau depuis la nuit des temps, et j'avais l'impression que le fantôme de mon père pouvait carrément être assis derrière moi sur la banquette de la Peugeot, ou même (mon ventre s'est brièvement tordu) à côté d'Anaïs, tout à l'heure, sur le canapé. J'ai tourné la tête vers elle, incrédule, et je l'ai fixée assez longtemps pour qu'elle se taise jusqu'à la fin du trajet.

Ils étaient tous les trois dans la cuisine, sous l'ampoule nue. Charles était assis sur le coin de la table rouge, ma mère sur la chaise, et Victor me faisait face, par terre. Il m'a lancé un regard bizarre :

« L'Agence t'a dit ?

— Quoi ? »

Charles s'était approché de moi, regardait mes pupilles d'un air soupçonneux. Il a eu un sourire narquois puis a repris son sérieux quand Victor a assené : « On se casse. On rentre en France. »

Derrière lui, ma mère a acquiescé silencieusement. Plus tard, tous les quatre sous l'ampoule de la cuisine, nous avons débriefé :

« Ce n'est pas la faute de Rosa, a répété Victor plusieurs fois.

— Si, répliquait ma mère. Enfin, pour être tout à fait honnête, non. Mais j'aurais préféré qu'elle fasse les choses un peu moins bêtement.

— Qu'elle ne vende pas la peau de l'ours avant de l'avoir tué, a précisé Charles, un sourire calme en coin.

— Voilà. »

Ma mère n'avait pas été engagée à la fin de sa période d'essai. En fait, on lui avait dit qu'il n'avait jamais vraiment été question d'un poste à pourvoir. Une bande d'escrocs, je crois, mais la personne la plus facile à accuser était bien sûr Rosa. Pauvre Rosa. Elle m'avait dit au revoir en faisant semblant de chercher quelque chose dans la Peugeot pour éviter mon regard, puis avait démarré sa propre voiture d'un air si penaud que j'avais eu honte de m'être emportée à propos de mon père. Charles a repris :

« C'est très simple. On rentre, Maman. Tu chercheras du travail, Lakushka nous gardera, tout ira bien… À vrai dire, ça me soulage.

— Et où allons-nous vivre ?

— Eh bien, rue Chauvelot. »

Ma mère a écarquillé les yeux.

« La maison de la rue Chauvelot, on ne l'a plus.

— Elle a été vendue ? » ai-je demandé.

J'ai vu l'hésitation de ma mère.

« Elle a été saisie », a-t-elle répondu, les yeux baissés sur sa cigarette.

Puis, à mon intention :

« Tu vois la chance que tu as d'avoir des frères. »

7

Nous devions partir à la mi-août. Il n'avait plus été question que j'aille à l'école sur l'île.

Le temps à Saint-Denis s'était dégradé tout le mois de juillet, la température frôlait parfois les quinze degrés, nous dormions dans des sacs de couchage qui faisaient un bruit terrible chaque fois que l'un d'entre nous bougeait. Quelques jours avant le départ, ma mère avait tenu à ce que nous fêtions enfin mon anniversaire, « un truc un peu sympa, pour une fois », avait-elle lancé, sur un ton enjoué mais ferme. Elle m'avait proposé d'inviter Anaïs mais j'avais soufflé, les yeux au ciel, et elle n'avait pas insisté. La vérité, c'est que j'avais appelé Anaïs depuis une cabine téléphonique du centre-ville, la veille, pour lui annoncer notre départ à la toute dernière minute, au moment où elle ne pourrait plus rien y faire.

« Deux semaines, j'avais dit, avec une indifférence forcée presque choquante. On part juste voir ma grand-mère.

— Oh… »

Elle a marqué un temps et a repris d'une voix soupçonneuse :

«Tu es sûre que vous reviendrez? Parce que vous, les expats, vous restez toujours quelques mois, puis vous partez, et on ne vous revoit jamais.

— On n'est pas expats, je t'ai dit. Franchement (je me grattais le bras, mal à l'aise), est-ce qu'on a l'air d'expats?»

C'est la première personne que j'ai abandonnée dans ma vie. Dénuée d'attaches, à onze ans. À l'époque, j'étais vraiment persuadée que le monde était constitué de tant d'êtres humains qu'il était possible d'oublier tous ceux que nous avions connus quelques mois, surtout dans les débuts de l'existence; mais en réalité, une fois devenus adultes, plongés dans la vie quotidienne, nous ne rencontrons personne. On frôle, dirait Victor. Et toujours, comme des balles de jokari, nous revenons à notre enfance, prisonniers des traumatismes et des premières fois, parce que c'est dans ces moments-là que nous avons ressenti les émotions les plus fortes, des émotions si puissantes que j'en vois encore la couleur aujourd'hui. Et Anaïs, dans le même mouvement, reste pour toujours captive d'une île sauvage où j'ai passé quelques semaines au début de ma vie et où, d'une manière ou d'une autre, j'erre encore sans le savoir.

Le soleil se couchait sur la piscine verte et les feuilles qui y barbotaient quand ma mère a posé sur la table en plastique un plat de bouchées de calamars frits, des bouchons achetés au supermarché, et un carry de poulet d'un traiteur du centre-ville. Eau qui clapote, lumière rose. Charles essayait de trouver une station de radio audible. La fragilité des bougies allumées une à une, patiemment, par Victor, et les mains de ma mère comme un abri contre le vent autour de la cire. Il s'est mis à chantonner « Capriiiiii, c'est finiiiii » de sa voix qui n'avait pas mué, la même que la mienne. En trafiquant le poste noir, Charles a lancé :

«Tu sais, Maman, on devrait prendre un chien.»

Il y a des gens qui n'aiment pas les chiens, d'autres qui sont davantage chats que chiens. Ce n'était pas notre cas. Il faut bien dire pourtant qu'il était rare de trouver des êtres plus affectivement dépendants que nous ; qu'il en existe relevait du miracle, et nous aimions les miracles. Et surtout, comme l'avait expliqué Victor, c'était très facile de se faire aimer d'un chien, du rottweiler au yorkshire. Codes bien plus simplifiés que les relations humaines. Même un Asperger y trouverait son compte. Des gestes répétés, des horaires à peu près corrects, une attention même peu soutenue, de quoi manger, et vous avez un chien fidèle pour la vie, qui tuerait pour vous – alors si en plus vous l'aimez, si vous lui donnez autant qu'il vous donne, c'est une relation sans aucune ombre, une de celles qui peuvent vous faire pleurer d'une joie très simple. Aucun abandon, aucun coup tordu derrière votre dos. La mort seulement, qui comme à son habitude massacre tout.

« On peut pas, à cause de la quarantaine », ai-je répondu.

8

« Il faut que tu préviennes Lakushka », a dit ma mère alors que l'avion atterrissait sur le goudron de Charles-de-Gaulle et que tous les trois, nauséeux, nous nous demandions s'il fallait être contents de rentrer à Paris.

Elle portait sa veste en cuir Mac Douglas, un modèle pour hommes et ma pièce préférée de sa garde-robe parce qu'il en émanait – lorsqu'elle marchait, tournait la tête ou s'approchait de mon visage pour ôter avec un doigt mouillé (horreur, dégoût) une tache de chocolat sur ma joue – une odeur rassurante, vieille vache et après-midi dans un champ en Angleterre, patchouli et tabac, encens et feu de bois. Je m'étais réveillée plusieurs fois au cours du vol pour constater qu'elle s'essuyait les yeux discrètement, la tête tournée vers le hublot. « Cette climatisation, ce froid, c'est terrible », balbutiait-elle lorsqu'elle me surprenait, et je hochais la tête, l'air grave.

« Prévenir Lakushka ?

— Je ne l'ai pas appelée, a répondu lentement ma mère

en se rongeant un ongle. Pendant que j'emmène Victor aux toilettes, appelle-la d'une cabine téléphonique.»

C'est Charles, d'ordinaire, qui était chargé de ces missions d'adulte mais tout cela, tout ce qui avait été nouveau et ne l'était plus désormais, n'intéressait pas Charles. On peut dire, bien que cela ait l'air idiot, qu'il avait grandi.

Lakushka a décroché aussitôt.

«Palma! s'est-elle exclamée, et j'ai senti qu'elle se forçait à prendre une voix gaie. Ta voix... Tu as l'air si proche. Je n'arrive pas à croire que vous soyez à dix mille kilomètres...»

J'ai regardé mon frère qui n'entendait rien et m'a fait une grimace. J'avais l'impression que nous avions menti à ma grand-mère, que nous avions fui Paris puis l'île dans le mensonge et le secret, en faisant n'importe quoi, en entassant nos papiers et des mouchoirs en tissu dans des valises inutiles, que l'on finirait par nous confisquer.

«En fait... Nous sommes de retour.

— De retour?

— En France. Je veux dire, à Paris. À Charles-de-Gaulle. L'aéroport.»

Elle a laissé passer quelques secondes. Je l'imaginais seule debout sur le sol carrelé, noir, blanc et rouge. Elle a répété:

«De retour?»

La surprise était de taille.

«Pour toujours?

— On vient d'atterrir. Maman m'a dit de te téléphoner...

— Où allez-vous dormir?»

Il y a eu un long silence. Je n'en savais rien. Je ne savais rien de rien. J'étais fatiguée par le voyage, le ridicule de la situation, et les larmes me sont montées aux yeux. Elle a dû le sentir car, dans le brouillard liquide qui dansait dans mes oreilles, j'ai entendu :

« Je viens vous chercher, Palma. Ne bougez pas. »

Je n'ai rien répondu. Je n'étais pas certaine que ma mère soit d'accord.

« Ne bougez pas », a-t-elle répété.

Derrière elle, un chat miaulait.

« Quel terminal ? »

J'ai levé la tête, essayant de déchiffrer sans mes lunettes les panneaux incompréhensibles de l'aéroport.

« A, je crois. »

Elle a répété « Ne bougez pas » et a raccroché avant même que je puisse ajouter quoi que ce soit, et lorsque j'ai posé le combiné sur son socle métallique et croisé le regard de Charles, j'étais bien plus déprimée que ces deux dernières semaines, quand notre avenir avait certes été incertain, mais que le quotidien tenait plutôt de l'hallucination : repas sommaires, températures extrêmes (il faisait mortellement humide la journée, et si froid la nuit que Victor se collait à moi en gémissant), trajet à l'aéroport dans la voiture de location, douane, douze heures de vol. Nous étions arrivés. Personne, pas même ma grand-mère, ne nous attendait. Et dans la horde des touristes, des mères de famille qui hurlaient sur leurs gosses et des hommes d'affaires silencieux et pressés, je voyais ce que nous avions été et n'étions plus : des personnes à part entière, les membres d'un grand groupe cordial aux pieds bien ancrés, des enfants qui avaient supplié leur père d'acheter des cartes Dragon Ball Z, des Pokémon, une Game Boy, une casquette Adidas, des coussins ergonomiques (il n'avait jamais cédé, et souriait chaque fois d'un air narquois en nous pinçant la joue sans répondre) dans cet aéroport, dans l'enceinte délimitée d'un endroit où tout le monde fuyait, vacillant sous le poids des valises. Lorsque Lakushka ne serait plus là (et par « plus là » j'entendais morte), qui se soucierait de nous ? Charles s'est approché alors que je m'adossais au mur et autour de sa silhouette sombre, penchée sur moi, je ne voyais plus qu'un halo doré, des papillons étincelants battant furieusement des ailes dans un éclat métallique aveuglant. Il me fixait, une main sur mon bras :

« Qu'est-ce qui se passe ?

— C'est bizarre de revenir. »

Il a sorti de sa veste de jogging un mouchoir froissé en boule et m'a épongé le front, comme une mère, comme si j'étais son enfant malade, tout en serrant mon bras presque douloureusement.

« Je sais », a-t-il répondu avec autorité.

Ma mère est soudain apparue à côté de nous, hagarde. Victor se tenait entre ses jambes, l'air renfrogné, et Charles les a informés que Lakushka venait nous chercher tandis que ma mère lançait des regards anxieux tout autour de nous. « Ah… », a-t-elle balbutié sans le regarder. J'ai retenu mon souffle alors que nous restions plantés là, au milieu du passage, à côté des retrouvailles familiales émouvantes et des chauffeurs de taxi stoïques, brandissant des noms sur des pancartes. Nous avons fini par nous asseoir par terre devant le bureau de réclamation des bagages perdus ou endommagés, et j'allais m'assoupir, la tête sur les genoux de ma mère, bercée par les voix des voyageurs pendant que Charles se lançait à voix haute dans un classement des filles les plus sexy de l'aéroport, lorsque Lakushka est apparue. C'est Victor qui l'a vue le premier. Dans le hall, elle paraissait petite, plus menue que dans mes souvenirs, alors que nous n'étions partis que deux mois. Elle portait ce jour-là un petit chapeau en feutre noir et un manteau blanc de chez Weill qu'elle avait laissé ouvert. Plus tard, j'avais regardé l'étiquette, car je trouvais que c'était un très beau manteau, et la pluie, qui déferlait sur nos têtes et dégoulinait de nos cheveux, semblait à peine effleurer le cachemire. Sous le manteau, sa robe noire à marguerites qu'elle avait cousue elle-même (car Lakushka avait été couturière, et même, comme aimait le rappeler ma mère, couturière chez Chanel – bien que cela n'ait duré qu'un an ou deux) et de petites chaussures à brides. Elle était minuscule, un mètre soixante peut-être, et paraissait aussi maigre que ma mère. Mais c'est surtout son air, hagard et ahuri, qui m'a frappée. Échevelée, elle se tordait les mains au milieu des passants, jetait des coups d'œil à gauche et à droite, la bouche ouverte dans une grimace presque grotesque, terrifiée à l'idée de nous rater.

*

Même odeur. Chewing-gum à la cannelle, poussière et vieux cuir. La clef tout juste dans la serrure, j'avais reconnu l'effluve, intact et capable de vivre sans moi. Cela faisait seulement quelques semaines que nous n'avions pas vu la maison de Lakushka, au sud de Vanves, et c'était aussi bon que retrouver dans la poche d'un vieux jean un objet précieux que l'on croyait perdu pour toujours.

Tout était à sa place, immuable : le couloir de l'entrée et sa tapisserie sombre à grosses fleurs baroques, le tabouret orange en plastique qu'elle posait à côté du meuble à téléphone, la petite cuisine où elle s'est empressée de faire bouillir une théière de verveine pour ma mère – qui ne buvait que du café.

« Comment se fait-il que tu n'aies même pas pris la peine de m'appeler ? a-t-elle demandé pour la troisième ou quatrième fois en fouillant dans les boîtes à thé alignées sur l'étagère au-dessus de l'évier.

— J'ai fait au plus vite, a répondu ma mère d'un air las. Nous sommes partis en quelques jours. »

Lakushka n'a rien répondu mais a attrapé deux tasses en les faisant tinter. Elle a continué sur sa lancée, comme si elle n'avait pas entendu ma mère :

« Ça ne me dérange pas, bien sûr. J'étais inquiète, cela dit. Un mois et demi sans nouvelles et sans téléphone ! Et soudain ce coup de fil aujourd'hui, en plein après-midi, Palma vaseuse, qui articule trois mots auxquels je ne comprends rien… »

J'ai regardé ailleurs, mal à l'aise. Dans la voiture, assise pour une fois sur le siège passager (que j'avais fixé tout le trajet durant comme une possédée afin d'éloigner les superstitions liées à la place du mort), ma mère avait serré les pans de son blouson sans desserrer les mâchoires, à part pour marmonner quelques phrases à la va-vite : « Pas de problèmes particuliers pendant le vol », « Est-ce qu'on pourrait rouler plus vite ? merci ». Lakushka avait posé des questions, peut-être plus précises ou indiscrètes que les autres. Puis elle avait roulé plus vite, et lorsque sur le périphérique tous les panneaux semblaient indiquer Paris et notre ancien quartier, elle avait tendu une cassette à ma mère pour détourner son attention. Un bout de doigt qui glisse sur la fente de l'autoradio, une cassette de Joan Baez sur laquelle quelqu'un avait écrit au Tipp-Ex et au feutre PROPRIÉTÉ DE (la suite s'était effacée), smiley jaune et souriant. Étoiles au stylo Bic. « C'est fou que tu aies gardé ça. » Lakushka n'avait rien répondu, soucieuse de ne pas réveiller de souvenirs tristes, et ce fut le seul moment du trajet où ma mère a paru à peu près vivante. Elle s'était ensuite enfoncée dans son siège à motifs marocains, fixant d'un air buté la ville grise qui défilait autour de nous.

9

Il y a eu un bruit sourd. Arrivé du garage où il avait traîné près de l'ancien atelier de ma grand-mère (un minuscule réduit où elle avait installé sa machine à coudre et plusieurs échantillons de tissus, ainsi que d'anciens patrons), Victor venait de faire tomber son sac à dos dans l'entrée et s'était précipité devant la télévision pendant que Charles, une cigarette à la main, arpentait le balcon d'un air dégagé de propriétaire. J'ai fini par imiter ma mère et me suis laissée tomber sur l'une des chaises en osier de la cuisine pendant que Lakushka s'affairait en nous tournant toujours le dos :

« Allons, tu vas reprendre des forces. Je vais faire de la place aux enfants. Et pour Marseille, ce n'est pas bien grave, cette année je n'irai pas. »

Lakushka partait toujours en vacances à Marseille, chaque été au mois d'août. Ma mère s'est redressée, les mains sur les tempes.

« Non, n'annule pas Marseille... J'aurais aimé que tu les emmènes en vacances. Pour que je cherche du travail. Ailleurs. »

Lakushka s'est retournée lentement, les yeux écarquillés.

«Ailleurs qu'à Paris, je veux dire», a insisté ma mère.

Gênée, je me suis levée en prétextant une envie de dormir. Elles ont toutes les deux acquiescé en continuant de se dévisager et je me suis affalée dans le salon à côté de Victor, sur le canapé en skaï marron. Il regardait un vieux film en noir et blanc que je n'ai pas identifié, où une actrice – il me semblait que c'était la sœur de Catherine Deneuve – allait se changer dans une station-service. Elle ôtait son jean et réapparaissait en robe, pour faire plaisir au type à côté d'elle. Un type plutôt gros et moche. Victor a ajusté ses lunettes d'un doigt agacé.

«Tu sais que Lakushka l'a habillée?

— Hmm?»

Il a pointé l'écran sans me regarder, concentré et sérieux.

«Dorléac. Françoise Dorléac. Lakushka, elle l'a habillée. Quand elle travaillait chez Chanel.»

Lakushka mentionnait souvent ces années-là, ses vingt ans à Paris, son studio sous les toits et son stage chez Chanel, devenu ensuite le premier emploi de sa vie. Ce qu'elle évitait soigneusement de raconter, en revanche, le petit détail qu'elle omettait, c'est qu'à cette période elle était tombée enceinte de ma mère. Le père, elle s'en était rendu compte peu après les premières nausées matinales, était marié, père de sept enfants légitimes et habitait à l'autre bout de la planète. Personne n'avait jamais compris pourquoi ma mère était née à Saint-Esprit, Martinique, et bien que le nom paraisse poétique et lointain, je savais ce qu'il cachait de secrets. Mais de Chanel, oui, Lakushka en parlait. Elle m'avait raconté de nombreuses fois les genoux maigres des starlettes de cinéma de l'époque, leurs envies ridicules et leur tristesse : « Oh Palma, si tu savais, elles étaient toutes tristes. Toutes, sans exception. » Depuis les étages de la maison Chanel, on les voyait arriver de loin, tard le soir, dans leur taxi, souvent escortées par des hommes plus vieux, très sérieux, qui les regardaient essayer d'un œil sévère des gants et des bibis extravagants. Leurs coudes et leurs jambes dépassaient des tissus et quand ma grand-mère reprenait la veste de leur tailleur rose en tweed, elles fumaient leur cigarette à la fenêtre, seins nus, avec la même nonchalance que lorsqu'elles tournaient pour la dixième fois la même scène ou essayaient leur dixième paire de chaussures de la journée. Parmi les clientes préférées de ma grand-mère, les actrices de Truffaut occupaient de loin la première place. « Drôle de métier », jugeait-elle avec un claquement de langue dont je n'ai jamais su dire s'il était approbateur ou non, le regard baissé sur un éternel tissu à coudre, et cinquante ans après les avoir connues, lorsqu'elle m'en parlait, je voyais défiler dans la pièce ces femmes aujourd'hui mortes. Les yeux clairs, tirés vers les tempes, des jeunes filles au léger accent alémanique, les effluves de parfum dans le sillage des cheveux châtains, comme tissés dans de la soie, les ongles brillants et les sourires en coin, les yeux noirs et la beauté qui paraissait sans égale, les voix cassées par le tabac, les cous fragiles et blancs où l'on accrochait des diamants étincelants, les traits si fins qu'ils semblaient près de se briser.

« Je ne voulais pas les piquer, celles-là », m'expliquait Lakushka, avouant ainsi qu'elle en piquait d'autres – celles qui faisaient des manières, car Lakushka trouvait toujours que les femmes faisaient des manières. Elles venaient une à deux fois par mois, quand les films avaient du succès, et bien davantage avant les festivals. Et parmi les rubans et le satin, les cils englués de rimmel et les talons découpés à la main, au milieu du léger brouhaha qui régnait toujours lors des essayages, au deuxième étage de la maison, alors qu'elle cousait l'ourlet d'une jupe, ma grand-mère avait-elle avoué à l'une de ces actrices qu'elle était enceinte d'un homme marié, vivant à des milliers de kilomètres de Paris ? L'avaient-elles écoutée, lui avaient-elles tendu une cigarette ?

Charles a jeté sa cigarette dans le jardin, provoquant les hurlements de la voisine du dessous. La voix angoissée de Lakushka s'est élevée du mur derrière moi :

« Pour aller où ?

— Puisque je te dis que je n'en sais rien.

— Tu peux rester ici. Vous devriez rester ici. Il y a toute la place nécessaire. »

J'ai entendu un bruit mat et compris que ma mère venait de poser sa tasse sur la table en fixant Lakushka de ses yeux jaunes et fatigués.

« On n'habitera jamais ici.

— Mais pourquoi ? »

Ma mère a baissé la voix mais j'ai arrêté de respirer pour parvenir à distinguer son enrouement caractéristique :

« Je ne vais pas rester dans une ville où nous avons de tels ennemis. »

J'ai tourné la tête vers Victor mais il était toujours concentré sur la télévision – Françoise Dorléac était à présent boudeuse et délaissée dans sa chambre d'hôtel. Et bien que ma mère ait prononcé cette phrase à voix si basse qu'il m'était impossible de savoir si j'avais entendu correctement ou non, mon cœur s'est mis à battre violemment et je n'ai plus suivi le film.

Deux jours plus tard, nous sommes partis à Marseille dans le petit studio que possédait ma grand-mère et où elle allait chaque été, et ma mère est restée à Paris pour chercher du travail n'importe où, sauf dans cette ville, comme elle l'avait annoncé. Ce fut pour nous un tel déchirement que j'avais subtilisé un de ses t-shirts et nous avons dormi avec, à tour de rôle, pendant trois semaines.

10

Coincé entre une sandwicherie et un garage automobile, l'immeuble où nous passions tous nos étés faisait pâle figure face à la Méditerranée. C'était un bâtiment moderne et un peu sale, mais il donnait sur la corniche Kennedy, ses virages à pic, ses courses de voitures folles et ses maisons de pêcheurs devant lesquelles s'improvisaient des apéritifs entre voisins, les pieds dans la calanque. Le balcon du petit appartement de Lakushka offrait ce que Victor appelait « la plus belle vue de la Terre », et le soir il nous lisait des passages du *Comte de Monte-Cristo*, parce que nous voyions depuis la terrasse la silhouette fascinante du château d'If. « Lui – Palma, écoute-moi – lui, il a vraiment eu une vie pire que la nôtre », résumait Victor d'une voix rauque en interrompant sa lecture, le livre posé en V par terre, dans la lumière des fins de journée. Marseille était bercée de contes orientaux, de légendes urbaines que nous entretenions avec ferveur, les djinns qui sautaient d'une île à l'autre, les prisonniers morts de faim dans les cellules humides, le ressac incessant de la mer et les innombrables marins fous d'amour qui s'y étaient perdus.

Charles racontait souvent, depuis l'enfance, que la corniche s'appelait ainsi parce que John F. Kennedy y avait été assassiné, ce que j'ai longtemps cru, courbée en deux sur le bitume à côté de Victor pour essayer de repérer une goutte de sang qui aurait subsisté pendant des décennies. Jusqu'au jour où Lakushka, éberluée, détruisit le mythe – et la corniche entière perdit à mes yeux le prestige du drame présidentiel, du sang, de la folie humaine. Il y a des choses qu'il vaut mieux continuer de croire toute sa vie. J'écris ça très sérieusement.

*

Ce soir-là, il faisait nuit noire et nous étions tous les quatre assis autour de la petite table en formica rouge, sous l'abat-jour de la cuisine. C'était la fin du mois d'août, et l'heure indiquée sur l'horloge murale était bien trop tardive pour que des enfants soient encore éveillés. Victor, la tête posée sur mon épaule, s'endormait à moitié pendant que Lakushka et Charles discutaient de ma mère.

«Tu sais toi-même, ne mens pas, tu sais que ce n'est pas dans ses habitudes, éclatait Charles toutes les trois ou quatre phrases. Dès qu'elle est loin, elle nous téléphone.

— Je sais bien, Charles, l'a interrompu Lakushka en se massant lentement les tempes. Mais les circonstances sont, ici, extraordinaires.»

C'était bien une phrase de Lakushka. Nous étions sans nouvelles de ma mère depuis quatre jours, ce qui jamais, depuis la naissance de Charles, n'était arrivé. Évidemment, comme n'importe quel demi-orphelin de la planète, nous nous étions imaginé tous les scénarios possibles:

kidnapping, séquestration, accident de la route, et même (une crainte de Charles) rupture d'anévrisme. Impossible de s'endormir le soir, impossible de passer une nuit paisible, impossible de bouffer un beignet au chocolat ou de plonger dans la mer sans penser à cette éventualité : Maman était peut-être morte. Si j'arrivais à atteindre la bouée jaune avant trois minutes, ma mère était vivante. Si je ne marchais que sur les lignes des trottoirs, si ma grand-mère ne répondait ni oui ni non à une question, si le mec que je regardais depuis le balcon tournait à gauche ou à droite. Victor se rongeait les ongles depuis des jours. Charles avait les traits tirés et des plaques d'eczéma sur la nuque.

« Je te préviens, si demain on n'a toujours rien, je me casse. C'est certain, Lakushka. (Il secouait la tête.) Il n'y a pas de mais, je rentre à Paris, j'irai voir. Seul. »

Lakushka a soupiré de nouveau. Elle paraissait plus vieille, la lumière du plafonnier creusant des ombres sous ses joues – dix, quinze ans de plus. Elle s'est levée du tabouret et s'est dirigée vers la cuisinière.

« Non, pas seul », a maugréé Victor. Il luttait contre le sommeil, tenant ses paupières ouvertes à l'aide de ses doigts.

« C'était vraiment une idée de merde de l'avoir laissée toute seule, ai-je renchéri.

— Vous ne voulez pas arrêter de raconter des conneries, un peu ? » Lakushka s'était retournée, furieuse, manquant renverser la casserole bouillante où se noyait un petit tas de verveine odorante. « Votre mère est grande. Et d'abord, qui vous a appris à parler de la sorte ? »

Surpris, nous avons tous les trois levé les yeux vers elle.

«Toi, a rétorqué Victor.

— Nous rentrerons à Paris tous ensemble – non, n'insiste pas – si d'ici quelques jours nous n'avons toujours aucune nouvelle», a-t-elle continué en couvrant les protestations de Charles, les mains levées comme si elle faisait face à des chiens enragés. «Avec ma voiture. Soyons des individus intelligents, qui réfléchissent avant d'agir. Pour l'instant, il faut attendre. Votre mère, et je vous rappelle qu'il s'agit de ma fille, aimerait que vous soyez sages et attendiez patiemment. J'en suis certaine.»

Personne n'a répondu. Sur le meuble posé contre un mur, la petite télévision crachait des publicités. Charles tapotait nerveusement sur la toile cirée du bout des doigts, là où ne restaient que quelques millimètres d'ongle. Victor avait fini par s'endormir carrément sur moi, à tel point que Lakushka l'a soulevé doucement, comme une petite poupée de chiffon molle, puis l'a porté jusqu'à la pièce principale sans qu'il se réveille. C'est là que la sonnerie du téléphone a retenti, me faisant sursauter d'un mètre. Victor a été le plus rapide : il s'est dégagé des bras de Lakushka et a bondi dans l'entrée où hurlait l'appareil, posé sur un guéridon.

«Maman ?»

Quelques secondes de battement. Sa main gauche retenait son maillot de bain, le regard tourné vers nous mais fixant un point très lointain. C'était elle (il nous l'a confirmé d'un signe de tête agacé). Il n'a rien dit pendant plusieurs dizaines de secondes, hochant la tête en réponse à ce qu'elle disait comme si elle pouvait le voir, se bouchant une oreille, le visage crispé. La communication n'était peut-être pas bonne. Puis, après deux minutes de monologue ininterrompu à l'autre bout de la ligne, Victor a levé la tête vers nous (nous étions agglutinés dans l'entrée, en demi-cercle devant lui), a fouillé du regard quelque part vers Charles et a répondu, très sérieusement, à ce qui semblait être une question :

« Il fait du scooter. »

Air interloqué de Lakushka, visage cramoisi de Charles meuglant sur Victor : « T'es malade ! » Mais Victor n'écoutait plus. Il hochait de nouveau la tête, acquiesçant de temps en temps, une main sur son petit caleçon bleu marine. La voix de ma mère nous parvenait par bribes, incompréhensible et pourtant reconnaissable entre toutes : débit ininterrompu et rapide, questions angoissées, filet de voix rauque. Ma mère. Elle était vivante. Reliée à nous par un fil, mais vivante. Même Charles, qui regardait Victor d'un air furieux, les joues encore rouges, avait l'air ravi.

« Au fait Maman, tu me manques. (Son intonation était plus empressée.) Oui, oui. »

Elle avait raccroché.

« À mardi », a-t-il dit au socle du téléphone sur lequel il a soigneusement reposé l'appareil, avant de fendre silencieusement le demi-cercle que nous formions dans l'entrée, Lakushka, Charles et moi, de s'asseoir sur le tabouret et de lâcher d'une voix monotone, comme sonné :

« Elle a dit qu'elle savait que tu faisais des conneries et que si elle apprend encore que tu fais du scooter, elle te cloître jusqu'à tes dix-huit ans sans manger. »

Charles a ricané.

« Quoi d'autre ? a demandé Lakushka, impatiente.

— Elle ne pouvait pas appeler parce qu'elle était dans un trou perdu dans l'Aveyron. On lui manque, tous, elle demande pourquoi je ne suis pas couché à une heure pareille, et il faut pas qu'on mange trop de beignets au Nutella. Mais bonne nouvelle : elle a trouvé du travail. » Lakushka a souri. Charles et moi avons sauté de joie en nous cognant le poing l'un contre l'autre, avant qu'il n'arrête net son élan et se tourne vers Victor : « Génial, du travail. Mais rassure-moi, on ne va pas aller vivre dans ce trou perdu de l'Aveyron ou je ne sais quoi ? »

*

Le lendemain de l'appel, nous étions tous heureux, même Charles, pourtant privé de sorties nocturnes, et qui avait râlé de longues heures en apprenant que nous allions vivre dans l'Aveyron, où ma mère avait trouvé un poste de secrétaire dans un village à une heure de Rodez. « Un département, euh, pas trop loin de Marseille », avait répondu Lakushka, gênée, quand nous l'avions interrogée sur la position géographique du lieu. Je m'étais rapidement rendu compte qu'elle ne savait pas du tout où ça se situait. Lorsqu'elle se croyait seule, elle murmurait parfois « l'Aveyron... » en regardant l'horizon, perplexe, essayant désespérément de se rappeler un détail, une anecdote sur cette région. « Je crois que c'est là-bas que les présidents partent en vacances », avait-elle fini par nous dire un soir, illuminée. Ce n'était pas le cas mais nous n'en savions rien, et nous fûmes ravis. Elle-même devait y croire. Il faut dire qu'elle perdait la tête. Le matin, sur les rochers, le corps de ma grand-mère rivalisait avec celui de femmes plus jeunes d'un demi-siècle. Sa peau était lisse et bronzée, le temps y avait peu laissé sa marque. « Le secret de ma minceur, c'est mon bain quotidien tout l'été depuis soixante-dix ans, ma chérie», m'expliquait-elle, ses chaussons de baignade aux pieds, fanfaronnant au bord de l'eau. «Et ton diabète», renchérissait un Victor enjoué tandis qu'elle plongeait dans une mer si peu profonde que mon cœur s'arrêtait une ou deux secondes chaque fois. Mais la tête de Lakushka fonctionnait de moins en moins bien. Elle confondait les noms des gens qui passaient à la télévision, ou les nôtres. Elle oubliait ses lunettes dans la rue ou sur les sièges des bus. Lorsque je lui posais une question peu avant l'heure du déjeuner, pendant qu'elle s'affairait dans la cuisine et que nous regardions la télé, elle restait silencieuse quelques secondes avant de me répondre lentement, la bouche pâteuse, de longues phrases incohérentes pleines de mots désarticulés. Malgré son diabète, elle ne pesait plus ses aliments, mangeait des quantités trop faibles de sucres lents, réglait mal ses prises d'insuline, s'évanouissait régulièrement sur un banc en pleine rue ou dans le couloir de l'appartement, la nuit. Mes frères, qui semblaient ne jamais dormir, lui venaient en aide, presque blasés. Quelques après-midi encore de cet été-là: le ronronnement du frigo qui berçait nos parties de cartes, Charles buvant au goulot de petites bouteilles de bière, le sable collé à la surface des beignets sur le bord de mer, nous trois morts d'ennui à l'intérieur de l'appartement de la corniche Kennedy parce que la chaleur était trop écrasante pour sortir, les longs cils mouillés de sel de Victor. Nous aurions dû rester à Marseille pour toujours, dans la petite cuisine de Lakushka, dans cet espace chaud et sain où le malheur paraissait n'avoir aucune prise. Ma mère nous y aurait rejoints. Tout aurait été différent. Nous serions restés là, peut-être incapables de nous remettre de la mort des nôtres ou de la perte des lieux, mais écrasés par le soleil.

II

1

Quelques jours plus tard, un matin de septembre, après six heures de voyage nocturne dans la voiture « relativement vétuste » (Victor) qu'avait achetée ma mère, nous avons débarqué à Escamadur. Il faisait beau, la place du village était calme. Nous n'avions pas vraiment enregistré d'information qui vaille la peine d'être retenue sur l'endroit où nous allions. La région ne nous disait rien. Ma mère nous en avait pourtant parlé, nous montrait parfois l'emplacement du village (d'un geste vague, elle formait un cercle large sur une carte de France), mais elle aurait pu nous montrer l'Auvergne ou la Normandie, nous n'aurions pas vu la différence. Nous marchions englués de sommeil vers de nouveaux lieux, sans attente particulière sinon celle d'un nouvel air, et l'atmosphère friable des voyages en voiture, l'attente des maisons vides nous engloutissaient, ralentissant le rythme des jours ou l'accélérant. Journées vides et nomades, déjeuners sommaires sur des tables en plastique sous un ciel bleu. J'atterrissais avec mes frères dans un environnement nouveau, je sentais des odeurs inconnues, pots d'échappement et lotions pour cheveux, les murs crépis entouraient des bâtiments beiges, mes frères se pétaient dessus en riant. L'école semblait un projet lointain. Nous arrivions sans passé, assez conquérants.

L'Aveyron nous a accueillis avec des départementales. Par la vitre de la R5 orange, Victor regardait avec suspicion cet étrange aplat de vert et de marron que nous connaissions peu et qui s'appelait la campagne. Charles dodelinait de la tête en écoutant MC Solaar sur un discman et lançait parfois à tue-tête, bien plus fort que le volume sonore ordinaire, un « Palma, une grive ! », ce à quoi j'acquiesçais en regardant dans la direction indiquée bien que je ne voie rien puisque, comment pouvait-il l'oublier, j'étais myope. Au volant, le front plissé, les lunettes droites, ma mère a soufflé en tournant la tête, ses cheveux dispersés partout sur ses épaules :

« Bon, je vous préviens, elle n'a rien à voir avec celle de l'île.

— J'aurai une chambre ? » a hurlé Charles, son casque à moitié relevé sur ses oreilles.

Ma mère plissait les yeux sur les rues qui encadraient la place du village, sans arriver à faire deux choses en même temps. Je ne le savais pas, parce que tout ce que faisait ma mère me semblait parfaitement usuel, mais elle choisissait les maisons où nous allions vivre de la même manière qu'elle décidait, en un basculement d'une minute ou deux, qu'il nous fallait en partir. Dans le décor marron de la maison de l'Aveyron, devant un agent immobilier embarrassé, menton levé, œil fermé, elle a procédé à une sorte de calcul mental qui m'est resté inconnu puis a demandé :

« Quelqu'un est mort ici ? »

Victor se cachait les yeux d'une main pendant que l'agent farfouillait dans ses papiers en rougissant.

« Je ne crois pas, madame...

— Quelqu'un est mort dans chaque maison de cette planète, Maman », ai-je maugréé, agacée.

La maison de l'Aveyron – c'est ainsi que nous avons fini par la surnommer – était moche. Le quartier était à la fois désert et résidentiel et en sortant de la voiture j'ai posé les pieds avec un soupçon de paranoïa sur un territoire qui me paraissait hostile. C'était une maison blanc cassé, un peu affaissée (mais on regarde ici cette histoire par le prisme multicolore et facétieux du souvenir). Le jardin détrempé n'inspirait pas grand-chose, si ce n'est une sensation de tournis lorsque vous le traversiez pour la première fois et constatiez qu'il descendait en pente douce vers la maison – un indice plutôt évident de ce qui nous attendrait chaque jour de pluie. Mais le quartier de la maison de l'Aveyron était rassurant et je savais pourquoi ma mère l'avait choisi : il était à l'opposé de celui où nous avions vécu à La Réunion, où même si nous avions hurlé jusqu'à l'agonie, jusqu'à en décoller nos poumons, personne, jamais, ne nous aurait entendus. Ma mère a marqué un temps d'arrêt, m'a fixée comme si c'était la première fois qu'elle me voyait, puis son regard est parti vers un autre décor (les plinthes des portes, les placards vides de l'entrée) et elle a répondu :

« Non. On meurt à l'hôpital ou dans des accidents de voiture. »

Le seul critère officiel que nous avions restait l'argent – puisque nous n'en avions pas. Quoi qu'on en dise, quoi qu'on en pense et quels que soient les faits, les appartements les plus laids, dans les quartiers les plus délaissés comme sur les trottoirs les plus sales, recèlent parfois une forme de magie. Un chuchotement attirant. Le chatoiement des rires de ceux qui y vivaient ondule sur les vitres, des plumes plantées quelque part dans le plancher, un quart d'orange acidulée s'accrochant aux pièces comme de l'encens invisible. Vibrations énergétiques, ondes, souvenirs, fantômes, esprits, je ne sais quoi, quelque chose qui s'apparente au caractère magique de la vie – un caractère qu'on constate les soirs d'hiver en marchant le long d'une avenue bordée d'appartements éclairés, ou certaines nuits d'été, dans les jardins des hôtels suisses, sur les rochers des Goudes, au milieu d'un champ dans la Drôme, parmi les aboiements des chiens. Des ponctuations rares. Et on ne décelait rien d'autre qu'un grondement sourd dans la maison de l'Aveyron. Entièrement repeinte, elle restait pourtant sombre, et à travers l'odeur tenace de peinture subsistait celle de l'humidité.

« Ça vous ira ? » a demandé ma mère, debout au milieu de la cuisine.

C'était une petite cuisine marron, ornée d'un évier vert, d'une cuisinière blanche, d'un placard mural. Elle a porté la main à sa tempe droite comme chaque fois qu'une de ses migraines débutait, et je me suis contentée de baisser les yeux en évitant son regard, pendant que l'agent immobilier se mettait à parler très vite de la vue « plutôt sympa ».

« Non », ai-je finalement lancé en regardant par la fenêtre.

C'était sorti involontairement et si vite que je me suis demandé une demi-seconde si c'était bien moi qui avais parlé. Il y a eu un instant de flottement pendant lequel ma mère m'a dévisagée d'un air d'épouvante par-dessus la tête de l'agent immobilier, mais Charles a choisi de crier très fort, à cet instant précis, en écartant un de ses écouteurs qui crachotait :

« Est-ce que quelqu'un peut me montrer où est ma chambre ? »

Devant notre air ahuri, il a ajouté « S'il vous plaît » en ôtant son casque. Rouge écarlate, l'agent s'est précipité vers l'une des portes en s'essuyant les mains sur son jean, l'a ouverte trop brutalement et a disparu derrière mon frère dans une volée de marches.

Victor ne m'a été d'aucun secours. Il m'a jeté un long regard perçant, puis a soupiré en secouant la tête, et j'ai failli lui demander s'il avait un problème quand ma mère a lâché, à mi-voix, comme si elle parlait au mur :

« Va dans ta chambre. »

Je l'ai regardée, interloquée, et elle a écarquillé les yeux en s'apercevant que ni elle ni moi ne savions où était ma chambre. Puis elle a éclaté d'un rire navré, tandis que Victor et moi nous tordions de rire. Les réactions de ma mère, comme celles de Charles, vives et brutales, violettes et électriques, pouvaient faire peur, et j'ai toujours été plutôt lâche, mais elle était parfois d'une joie déconcertante, aussi désarmante qu'une enfant.

Charles et l'agent sont apparus. Mon frère courait devant, tenant du majeur la porte à l'agent immobilier déboussolé.

« Ce n'est pas une chambre, c'est une cave, m'a-t-il dit.

— Un garage», a rectifié ma mère, depuis la cuisine.

Il a enlevé son anorak en le passant par-dessus sa tête, sans voir qu'il coinçait l'agent immobilier derrière lui, dans l'escalier.

« Mais ça me va. »

Et il a remis ses écouteurs. J'ai compris pourquoi en voyant sa chambre, plus tard, nichée au bas des marches. C'était une petite pièce isolée phoniquement qui se fermait avec un cadenas et dont la porte coulissante, trouée de fenêtres étroites, s'ouvrait sur un coin de jardin sans clôture, d'où l'on apercevait des champs et des routes. L'odeur d'humidité était si forte qu'elle imprégnait déjà nos pulls – elle resterait longtemps sur nous, même après notre déménagement.

«Toi, tu vas te barrer toutes les nuits», ai-je lancé à Charles, qui s'est contenté de hausser les épaules avec un sourire.

La chambre que je partageais avec Victor m'avait paru quelconque, la première fois où nous l'avions visitée, mais quand j'y suis montée pour ranger les affaires que je traînais dans mon sac à roulettes rouge, elle m'est apparue plus nue et plus vide que tout ce qu'il m'avait été donné de voir jusqu'ici. Elle était banale, carrée, dix mètres carrés réglementaires et du lino. Dormir là des centaines, voire des milliers de fois. J'allais y entrer en courant, après les cours, et y jeter mon sac par terre. C'était inimaginable. À La Réunion, nous avions vécu sans véritables règles et la maison nous semblait si grande et si sauvage que personne n'avait eu besoin de recréer son « petit espace personnel ». Le chaos et l'entassement et le vide et la table rouge en plastique et cette espèce d'hallucination solaire constante quand nous y étions, voilà ce qui nous avait permis de tenir tête au choc et au deuil et au déracinement. Mais ici, c'était ma nouvelle chambre. Rien ne ressemblait à la rue Chauvelot, la seule maison où j'avais eu une routine. Là-bas, ma chambre était petite et poussiéreuse, en forme de trapèze, la moquette bleue se détachait par endroits et depuis mon lit j'entendais la circulation du périphérique. J'avais une cheminée, tellement de peluches que ma mère en jetait régulièrement sans me prévenir, des dessins accrochés au mur et un thermomètre aquatique. Dans la rue, les talons des passantes me berçaient jusque tard dans la nuit, et la porte gonflée d'humidité fermait mal vers le haut – la lumière des lampes du salon perçait à travers l'écart entre la porte et le cadre. Ici, l'armoire offrait des étagères blanches où nous n'avions rien à poser. Un bourdonnement s'élevait du lavabo de la petite salle de bains. J'ai pensé à ma mère, seule dans la pièce à côté, et j'ai crié :

« Ça ira, Maman. Ça va nous plaire. »

Après tout, chez moi, depuis toujours et jusqu'à la fin (que j'espère chatoyante et pailletée), jusqu'à l'ultime battement de cœur, si vous préférez, chez moi, c'était elle. Elle habitait l'espace d'une manière que j'ai parfois pu entrevoir ailleurs, chez des individus qui, bien sûr, m'ont attirée dès la première seconde, et plus tard, sa manière de nous balader de maison en maison, sa légèreté et ce destin un peu tragique n'ont fait que renforcer mon amour pour les lieux qui ont un toit et l'éclat des familles qui les ont habités. Combien d'histoires, combien de fratries avaient traîné là ? Jamais plus, depuis cette période, depuis mes premiers pas sur les trottoirs d'Escamadur, je n'ai pu passer devant une agence immobilière sans en regarder les annonces de location ou de vente, de Vanves à la Creuse, d'Aigle, Valais, à Montaigu. J'ai visité chaque agence qui se trouvait sur mon chemin. Et en passant devant les annonces merdiques, je sais que je cherche à attraper le flambeau que l'humanité s'empresse de tendre à ceux qui suivent, au milieu des accouchements sanglants et des guerres et des famines et des disputes sordides les lendemains de Noël, la triste quête de cette étrangeté lumineuse que ma famille portait en elle, de ces pièces claires ou exiguës dans lesquelles avaient ri et pleuré des générations et des générations jusqu'à nous, porteurs maladroits – le flambeau flamboyant du foyer.

2

La nuit de l'emménagement à Escamadur, Victor et moi avons affreusement mal dormi et le lendemain matin, tôt, je suis descendue à la cuisine pour aider ma mère à déballer les trois cartons que nous possédions. Je l'ai trouvée en train de se battre avec une cafetière en plastique qui ne nous appartenait pas.

« Elle est bien, la maison, Maman, ai-je chuchoté le plus bas possible. On devrait y rester. »

J'avais honte de mon insolence de la veille et j'espérais qu'elle ne m'en voulait plus, mais ma mère n'était pas rancunière. Elle s'est tournée vers moi, m'a fixée une ou deux secondes, puis a répondu d'une voix hachée par la fatigue, en essayant de positionner correctement le filtre en papier :

« Figure-toi que c'est ce que j'ai vu. » Et remarquant mon regard perplexe : « Tarot. »

Elle tirait en général le tarot n'importe comment, piochant dans le tas de cartes sans méthode particulière jusqu'à ce qu'elle tombe sur un bon jeu pour chacun d'entre nous. Mon père la suivait dans ses délires, avant, il s'asseyait sur le canapé après avoir retroussé son Levi's 501 et la regardait agiter les mains et rouler les yeux en fumant cigarette sur cigarette jusqu'à ce qu'elle ait obtenu la meilleure carte, la bleue, pour nous cinq.

Maintenant, Charles et moi nous contentions de hocher la tête. Victor semblait fasciné par ces moments-là.

« Il y a de bonnes ondes même si c'est vrai que l'énergie paraît un peu... », a-t-elle commencé tandis que ses gestes devenaient de plus en plus nerveux et qu'elle perdait patience avec la cafetière. « Je crois qu'on va rester ici. »

Victor est arrivé dans sa robe de chambre, a embrassé ma mère sur la joue en se rongeant un ongle.

« Rester où ?

— Ici.

— Ah. (Il s'est tourné vers moi et m'a dit sur un ton de reproche :) Tu fais du bruit, la nuit. » J'ai levé des yeux étonnés.

« J'sais pas, a-t-il grogné en s'acharnant sur son pouce. Tu fais un truc bizarre avec ta bouche, et tu parles. Insupportable, a-t-il continué en me regardant droit dans les yeux.

— Palma, tu peux voir comment fonctionne ce truc ? a crié ma mère, une mèche de cheveux devant les yeux. J'ai besoin de café. Un besoin urgent. »

J'ai mis un peu de café au fond du pot en métal, soupesé le filtre et tourné le tout en attendant qu'un miracle se produise, puis je me suis tournée vers elle :

« Il y en a une autre ? Dans les placards ?

— Non, Palma, je t'en prie, essaie. Ou alors je vais réveiller Charles. Il saura peut-être... »

Elle a ouvert le placard près de la porte.

« Qui peut laisser ça dans une cuisine ? Une gousse de vanille périmée depuis des années j'imagine… (Elle la touchait du bout des doigts avec une grimace de dégoût.)… Charles ! (Sa voix s'est faite plus forte pour qu'elle porte jusqu'à la cave.) Viens m'aider ! »

Le placard était profond et ses étagères s'élevaient bien au-dessus de ma tête, laissant apparaître par bribes la vie de ceux d'avant : rouleaux de scotch à moitié vides, stylos sans encre, boîte à café sans café, gousse de vanille devenue verte dans un tube en verre, un annuaire Aveyron (12), le catalogue de La Redoute et un livre sur Montmartre, le Paris de l'amour.

« Tu sais quoi ? » ai-je lancé à Victor qui a levé les yeux de son verre d'eau à contrecœur.

J'ai touché le Bottin oublié là.

« On n'a jamais été dans l'annuaire. »

Ma mère a acquiescé en hochant la tête :

« C'est vulgaire d'être dans l'annuaire.

— C'est presque un de mes fantasmes, ai-je répliqué. J'adorerais être dans l'annuaire.

— C'est uniquement parce que tu veux être comme tout le monde, a bâillé Victor. Et j'avoue (il a étiré ses jambes en rabattant le cordon de sa robe de chambre) que moi aussi, parfois, ça me tenterait bien.

— Vos fantasmes sont fascinants, a grogné Charles en débarquant dans la cuisine et en enfonçant un doigt crochu dans mes côtes. Pourquoi vous êtes toujours obligés de crier au moment exact où je m'endors ?

— Aide-moi, a supplié ma mère par-dessus mes hurlements.

— Maman a tiré le tarot et on va rester ici, ai-je glapi pendant qu'il plaçait correctement le filtre.

— Ah ouais, a-t-il répondu avec un mouvement d'épaules évasif en allumant la plaque. Tiens, Maman, tire-moi le tarot pour voir si je gagnerai beaucoup d'argent, un jour. Énormément d'argent.»

Ma mère a plongé un doigt dans le café moulu et l'a léché avant de se tourner vers moi :

«Dans mon sac, Palma, tu veux ? Dans le salon. Je ne peux rien faire (avec les doigts elle a formé une croix devant son cœur) tant que je n'ai pas bu de café.»

Ce qu'on appelait le salon était à la fois le salon et la chambre de ma mère. En entrant dans la pièce, j'ai vu qu'elle avait dormi sur son matelas gonflable à même le sol, protégée du froid humide de la maison par plusieurs couvertures (bordeaux, jaune safran, des couvertures en cachemire qu'elle avait gardées de notre ancien appartement) et sa veste en cuir. Elle avait emporté sa taie d'oreiller de Paris, en soie bleu nuit splendide qui ici n'avait l'air de rien et flottait, inutile, autour du petit coussin qu'elle entourait. Et tout, depuis cette chambre entre squat et salon marocain jusqu'à son parfum flottant partout sur les murs nus, avait pris l'âme de ma mère. Posé contre un mur, à côté du seul carton qu'elle possédait, son grand sac en cuir noir qu'elle traînait partout. À l'intérieur, tout était si rangé que j'ai eu un pincement au cœur. L'odeur chaude et sucrée qu'elle laissait dans son sillage. À l'intérieur d'une des grandes poches, il y avait la jupe que mon père lui avait offerte peu avant sa mort, le Noël précédent, une jupe orange en tissu, avec un petit logo blanc tissé. Un tas de feuilles, de lettres et d'enveloppes, des briquets et cinq paquets de cigarettes dans la poche latérale. Un jean, une chemise noir et or, un affreux gilet à plumes noires. Un cendrier propre en forme de main de Fatma. De la poudre de Guerlain, la même depuis toujours. Des Repetto – elle portait le modèle pour hommes, pointure 39, parce qu'elle préférait le petit talon masculin. Nos quatre passeports, un photomaton de Victor bébé hurlant vers l'objectif et le jeu de tarot dans sa boîte bleue, la même qui autrefois était posée contre la lampe Alecton, rue Chauvelot. Des affaires qu'on prend la nuit, en tâtonnant, avant de fuir.

« C'est quoi, tous ces papiers ? » ai-je crié dans le couloir en descendant vers la cuisine, le tarot à la main.

Personne ne m'a entendue.

« Les papiers », ai-je répété en lui glissant la boîte bleue dans la main. De ses doigts froids, elle a légèrement serré la mienne, pour me remercier. « Dans ton sac. C'est quoi ? »

Elle m'a regardée comme si j'étais une parfaite inconnue, puis a pincé les lèvres.

« S'il te plaît, Palma, ne fouille plus dans mon sac.

— Mais… »

Devant mon air interloqué, elle a ajouté en levant les yeux au ciel :

« Des papiers d'adultes. Charles (elle s'est tournée vers lui, assis sur le tabouret bancal en plastique), que voulais-tu savoir, au juste ?

— La richesse. Si je vais être riche. »

Elle a posé la boîte sur la table.

« Ça ne marche pas pour les questions d'argent, ces trucs-là, ai-je grommelé.

— Ça marche pour tout », a rétorqué Victor.

3

Depuis la mort de mon père, Victor avait changé. Comme moi, j'imagine. Il avait huit ans, et j'avais vu fondre ses airs d'enfant poupin avec un pincement au cœur. Il n'était plus dodu, il n'avait plus de petits bourrelets au ventre quand il s'asseyait. Il avait grandi, ses jambes étaient aussi maigres que les miennes, ses chevilles dépassaient de son pyjama bleu, un bleu décoloré, et deux nouvelles dents qui m'avaient semblé gigantesques étaient plantées dans sa petite gencive supérieure. Ce n'était plus le garçon de cinq ans que j'avais vu partir un matin de la rue Chauvelot pour un tournoi d'échecs, accompagné de mon père, persuadée qu'il allait perdre, et que j'avais vu rentrer, victorieux, hilare, portant une coupe presque aussi grande que lui. « Palma, Palma, c'est de L'OR ! » m'avait-il crié lorsque je leur avais ouvert la porte d'entrée. Ses cheveux bouclés ne ressemblaient ni aux miens, ni à ceux de Charles, mais plutôt à ceux des chanteurs des années 80, et ses yeux étaient aussi noirs que ceux de ma mère lorsqu'il était en colère – et Victor était assez régulièrement en colère. Un coup d'œil de Victor et l'idiotie que vous veniez de dire gisait, enveloppée dans sa propre honte, quelque part au fond de la mémoire traumatique de votre cerveau. De ma mère il avait hérité un goût sophistiqué et original, un attrait pour la beauté physique et l'argent, ainsi qu'une perception visuelle accrue des détails. Il fixait les gens en baissant légèrement les paupières, avec le regard discret et vif des serveurs de palace. «T'as vu la montre de ce type? Baignoire. Cartier, Palma. La classe, je te jure», insistait-il en secouant la tête lorsque nous rencontrions le patron de ma mère. «Elle portait des ongles limés en amande, qui dépassaient du bout de ses doigts d'environ trois centimètres. Vernis Saint Laurent, couleur rubis.» Il me détaillait les habitudes des gens qu'il croisait, leur manière de parler ou de fumer lorsqu'il rentrait des échecs le mercredi soir et secouait la tête: «Tu vas trop te marrer, Palma.» S'il n'avait encore ni le charme ni la légèreté de Charles, son air grave se teintait souvent d'une joie hilare, d'une naïveté gentille. «Il dit à sa fille qu'elle peut fumer, mais jamais dans la rue, il est comme ça.» Haussement d'épaules, bras croisés. Les mêmes gestes que Charles, en plus je-suis-insomniaque-lâchez-moi-la-grappe-merci. «La dame de la boulangerie, Palma, tu vas trop rire, c'est McGonagall.» Ses mains étaient généralement sales, les mains d'un enfant, ce qui m'a toujours paru bizarre car hormis ce détail Victor était maniaque à l'extrême, et bien qu'il fût mon être humain préféré sur Terre, j'ai connu avec lui ce que ma mère devait connaître avec moi, ou avec nous tous, je n'en sais rien: l'envie animale de l'agripper et de le secouer si fort qu'il ne puisse jamais me cacher quoi que ce soit.

«Tu as peur?»

Il a acquiescé, le menton plein de dentifrice, en se regardant dans le miroir.

« Ils vont être gentils, tu verras. Ça va bien se passer.

— Tu parles exactement comme Maman, m'a-t-il dit en crachant dans le lavabo, la tête inclinée vers le robinet. Tu mens pour essayer de me faire croire des choses dont vous ne savez rien. »

J'ai laissé flotter une ou deux secondes.

« J'ai peur aussi. »

Il a fini de se rincer la bouche, s'est passé les mains dans ses cheveux avec l'espoir de les discipliner, puis m'a lancé un farouche :

« Alors en garde, moussaillon ! »

Il est sorti de la salle de bains en poussant un cri, et je suis restée là à toucher du doigt le bout de ma brosse à dents, à inspecter la douche et son pommeau, avant de décider qu'il était inutile de me laver.

*

« Il y a une cour commune à vos trois bâtiments, a indiqué ma mère en claquant la portière, le cartable de Victor à la main. Pas la peine de vous tracasser pour vous faire de nouveaux amis. » Elle a jeté un regard autour d'elle puis a répété : « Vous n'êtes pas du tout obligés de vous faire de nouveaux amis. Restez entre vous, si vous voulez. »

Le trajet avait été silencieux. Elle a cherché une cigarette dans sa poche. Sans dire un mot, mes frères, la tête levée, regardaient la façade de l'école, un ancien couvent, puis ont ils embrassé ma mère comme si tout cela était réel et non de la pure fiction, et se sont dirigés vers le portail alors que je n'attendais qu'une chose : que ma mère ricane et finisse par m'avouer qu'elle avait tout mis en scène pour nous faire rire un bon coup. Rentrez à la maison, mes choux. Mais elle est partie le plus vite possible, et la manière qu'elle a eue de retourner à la voiture en courant doucement m'a fait penser à ces mères de famille partant en catastrophe de leur open space parce que la petite a glissé et s'est pété le poignet. Lorsqu'elle a tourné le regard vers nous une dernière fois, Charles lui a fait une petite grimace qui se voulait rassurante, à laquelle elle a répondu par un sourire crispé. Nous sommes restés un moment dans le grand hall plein de courants d'air, à tourner de temps en temps la tête vers la foule d'élèves inconnus. Visiblement, tout le monde se connaissait. Les gens portaient des habits de sport, des chaussures de marche, des cartables colorés et moches. Mon mal de ventre s'est intensifié à mesure que l'heure tournait, et quand la sonnerie du début des cours a retenti, j'ai dit au revoir à Charles et à Victor avec la sensation que je ne les reverrais plus jamais, comme les premiers aviateurs disaient au revoir à leur mère avant de partir s'écraser quelque part dans les Andes. J'ai monté un escalier, poussé une porte, trouvé une chaise vide dans la cohue de la rentrée : manches de manteau balayant l'air, stylos jetés et avions en papier, voix perçantes racontant des vacances à Ruoms, doigt sage tournant autour d'une queue-de-cheval. J'ai ôté mon manteau, sorti ma trousse, évité de regarder mon voisin de bureau qui me fixait, et j'ai attendu en rongeant mes ongles que le professeur derrière son bureau veuille bien débuter le cours. Les élèves avaient tous l'air jeunes. J'avais l'impression d'être une vétérante.

Le prof était vêtu d'un costume vert bouteille genre professeur Tournesol et j'ai imaginé les réactions de Victor et Charles, leurs remarques cyniques, mais il allait bien avec le décor : la salle en pierre, les voûtes, les tables de bois gravées par des dizaines de générations de collégiens, les cheveux ébouriffés des élèves excités par la rentrée. Il a enlevé sa montre et l'a posée devant lui, comme s'il se chronométrait. Puis il a parcouru la liste d'appel et lorsqu'il a relu une ligne plusieurs fois, comme pour s'assurer qu'il ne s'était pas trompé, qu'il s'est éclairci la voix et a ouvert la bouche, je savais déjà ce qu'il allait dire :

« Il me semble que nous avons un nouveau cette année. Gauthier. Gauthier Palma. »

Je n'avais pas prévu qu'il me prendrait pour un garçon mais j'ai balbutié, de ma voix la plus claire possible :

« C'est moi. Mon prénom c'est Palma. Palma Gauthier. »

Tout le monde s'est tourné vers moi d'un seul mouvement et plusieurs élèves se sont mis à pouffer, mais le professeur a balayé la salle d'un large mouvement de bras et le silence s'est à nouveau installé.

«Très bien, a-t-il grommelé. Palma. C'est intéressant, comme prénom. Un rapport avec l'île ?

— Non. »

Ma mère détestait cette île. Elle m'avait appelée Palma parce que c'était le nom d'un restaurant à New York où elle avait appris qu'elle était enceinte de moi, le jour de ses vingt-trois ans, non loin de Washington Square Park. Un bâtonnet affichant deux traits, dans des toilettes dont la porte fermait mal. De retour à Paris, dans une rue du vingtième arrondissement où elle se promenait avec

Lakushka et mon père, ils avaient levé la tête et étaient tombés sur le Palma Hôtel. C'était en décembre.

Le prof a attendu que je développe mais j'ai continué à sourire bêtement, rouge écarlate, paralysée face à tous ces regards autour de moi. Il n'avait pas l'air d'apprécier mes réponses courtes et involontairement insolentes. Il a fait un geste du menton :

« Qu'est-ce que tu fais ici, à Escamadur ?

— Je… On a déménagé de Paris. Ma mère a trouvé du travail ici.

— Ton père est resté là-bas ? » m'a-t-il demandé sans grand intérêt, feuilletant déjà le livre de cours posé à côté de lui.

J'ai ouvert la bouche, hésité une demi-seconde, puis je me suis entendue répondre :

« Oui. »

Le prof a répété « Palma » et « Vraiment un drôle de prénom », ou quelque chose comme ça, puis il m'a épelé son nom (M-a-n-i-l-i) et a débuté son cours, un cours d'histoire sur l'empereur Auguste dont je n'ai rien écouté puisqu'un voile rouge avait vrillé devant mes yeux, et j'ai passé toute la matinée à m'efforcer de ne pas éclater d'un rire nerveux. Personne n'y a prêté attention et pas un élève ne m'a adressé la parole.

Plus tard, à la pause déjeuner, j'ai retrouvé Victor assis sur un des bancs en pierre de la cour. Il avait l'air plus petit que son âge, à cause du bonnet vert que ma mère lui avait enfoncé sur la tête en début de journée et qu'il avait laissé là, presque au niveau des yeux.

« C'était comment ? »

Je n'ai pas desserré les dents. Il a soupiré :

«Je n'ai parlé à personne. Je t'avais dit que ça allait être horrible.

— Ça va. Où est Charles ?

— Il nous attend dehors. On t'a embêtée avec ton prénom ?

— Dehors ?»

Victor s'est appuyé en arrière sur les mains et a ri en voyant ma tête. Les traits de nos visages ont-ils un rôle discret à jouer dans la vie que nous allons mener ? L'arrondi d'une bouche ou la longueur des cils – des traits que je connaissais par cœur, dont je pouvais dessiner les contours les yeux fermés.

«Tu croyais vraiment qu'il nous attendrait sur un banc ? Il est dehors, là où on peut fumer.»

Il y avait un coin fumeurs dans la partie de la cour réservée au lycée où se retrouvaient la grande majorité des lycéens et quelques élèves gothiques ou rebelles du collège. Charles était debout parmi un petit groupe d'élèves de son âge, plus grands et plus bruyants que nous, sacs à dos Eastpak, Marlboro Light et cappuccino dans des gobelets en plastique. Ils avaient l'air d'adultes.

« C'est mon frère et ma sœur», a-t-il répondu à quelqu'un en nous voyant approcher.

Il s'est dégagé du groupe au moment où une fille blonde à queue-de-cheval a gloussé « Ils ont une drôle de tête», renversant ses cheveux en arrière. Charles l'a regardée une ou deux secondes mais n'a rien dit. Il m'a pincé la joue en arrivant à notre hauteur.

« C'est qui ? a demandé Victor en fixant la fille blonde.

— Des cons de ma classe», a bâillé Charles.

Il a haussé les épaules et lancé d'un air coupable, se tournant vers la cour :

« Moi, je dois parler à des gens. N'importe qui. Je suis sociable (écarquillant les yeux, les mains ouvertes, prenant le monde à témoin). Même avec des clodos, même avec des chiens, avec n'importe qui. »

Il a baissé la tête.

« Contrairement à toi, Palma et moi sommes socialement dérangés, a estimé Victor en remontant ses lunettes sur son nez comme s'il constatait le budget déficitaire d'une entreprise.

— Ça vous donne un charme », a conclu Charles en nous fixant à nouveau, les mains dans les poches. Puis son attention a été attirée par quelque chose derrière nous. Il s'est tourné vers le petit groupe, nous a lancé un dernier clin d'œil et s'est éloigné vers la sortie pour aller déjeuner à l'extérieur du lycée, la fille blonde trottinant à côté de lui en réajustant ses cheveux, des cheveux blonds hyper longs, une sorte de fille à la Brigitte Bardot tout à fait incongrue dans cette cour de récréation pleine de petits morveux et de polaires Quechua.

*

Le soir de la rentrée, Charles était arrivé si défoncé à la maison que même ma mère s'était aperçue qu'il avait les yeux rouges. Il planait quelque part près du portail des voisins quand je l'ai vu depuis la fenêtre de la cuisine, en train de rire tout seul en jetant sa cigarette sur un trottoir. Il y avait du vent et son t-shirt virevoltait à la même vitesse que les feuilles des arbres pendant qu'il faisait mine de parler à quelqu'un qui n'existait pas ou de ramasser quelque chose par terre avant de s'arrêter à mi-chemin, comme s'il avait oublié ce qu'il faisait.

«Tu rentres trop tard pour un premier jour d'école», a crié ma mère depuis le salon quand il a passé le pas de la porte, les yeux minuscules et rougis, l'air complètement à l'ouest. Il essayait d'enlever son t-shirt, un t-shirt bleu pâle qui avait appartenu à mon père, quand elle a débarqué dans l'entrée.

«Oh», a-t-elle constaté en voyant sa tête, et elle s'est figée.

C'était peut-être le t-shirt qui lui faisait cet effet, parce que mon propre estomac s'était retourné l'espace d'une demi-seconde.

«Tu as l'air fatigué.»

Il a marqué une pause avant de se tourner vers le portemanteau :

«Ouais. J'ai travaillé avec des gens de ma classe.

— Déjà ?» a-t-elle articulé.

Elle restait dans l'entrée, hésitante, un peu effrayée, et c'est la première fois que j'ai remarqué que Charles était aussi grand qu'elle désormais.

«Tu relèves notre pitoyable niveau, Charles, ai-je lancé pour le tirer de ce mauvais pas.

— C'était si terrible que ça, Palma ? m'a demandé ma mère, inquiète, en faisant tinter ses bracelets.

— Tu viens ?» ai-je dit à Charles depuis l'escalier, désignant la porte de notre chambre à Victor et moi.

Il a acquiescé d'un geste vague et m'a suivie en se cognant aux murs.

«Tu as vraiment l'air fatigué, il ne faudra pas te coucher

trop tard ce soir, Charles», a-t-elle crié derrière nous dans l'entrée vide, et sa voix a résonné. «Peut-être que tu couves quelque chose. Extinction des feux à vingt heures trente.»

Victor était en train de lire *Le tour du monde en 80 jours* («affreusement chiant», me commenterait-il quelques jours plus tard), assis au petit bureau blanc que ma mère nous avait acheté. Il a levé la tête et nous a jeté un regard irrité lorsque Charles s'est effondré sur son matelas avec un soupir de soulagement.

«Sacrée journée, a lancé Charles, et nous n'avons rien répondu. Oh là là. Chut.» (Il a posé un doigt sur ses lèvres.)

Il a soupiré :

«Extraordinaire. Merci. Le silence.»

Il a plié un bras devant ses yeux pendant que Victor retournait à son livre. J'ai posé mon sac, j'en ai sorti quelques cahiers recouverts de ces couvertures en plastique colorées et me suis assise sur l'autre matelas. Charles a écarté son bras et m'a regardée.

«Je suis moins parano qu'avec la... Oh (il s'est assis sur le lit), j'ai compris un truc. Sur Papa.»

Victor a levé les yeux de son livre et s'est tourné vers Charles. J'ai balbutié, prise de court :

«Un truc ?

— Oui.»

Victor m'a adressé un regard consterné.

«Oui, bon, façon de parler. J'ai pensé à lui, voilà, a continué Charles sans m'écouter. Avant, pas trop. Pas trop pour moi le territoire des souvenirs, a-t-il dit plus fort, en insistant sur les mots, et il a écarquillé les yeux. Mais ce matin, j'ouvre un carton par hasard et je tombe sur ce t-shirt.»

Il a relevé son torse pour regarder le t-shirt en rentrant le menton.

« Et je le mets. Et il me va. Parfaitement. Taillé pour moi, vous voyez ? (Il m'a fixée, puis s'est tourné vers Victor.) C'était comme un signe. Placé là (il élevait la voix) pour me dire quelque chose. »

En réalité c'est ma mère qui avait posé le t-shirt là, en faisant les cartons, et donc pas vraiment un signe surnaturel. Charles s'est laissé retomber sur le matelas, et a fait grimper l'une de ses mains sur le mur à côté de lui, comme un animal bienveillant.

« Je me suis dit que le message était évident. »

Il s'est interrompu, a levé les yeux vers nous.

« Dans le carton, presque à la même seconde, je suis tombé sur un livre. (Il a relevé le torse, a croisé mon regard vide.) Bref. (Il s'est à nouveau effondré sur le matelas, a changé de ton pendant que Victor et moi regardions le sol.) Vous voyez, ce jour-là, le jour du drame, j'aurais préféré – non, disons que j'aurais mieux intégré – quelque chose à la Lady Di, une voiture roulant à toute vitesse sous le pont de l'Alma, un crash intersidéral, étincelles et paparazzis et onde de chagrin se déversant sur toute l'humanité, dévastée, bim bam. Et le 20 heures. PPDA et compagnie. (Il a cligné des yeux lentement en fixant l'une de ses mains.) Pas le reste. Le reste… Non. »

J'ai failli lui répliquer que la mort de mon père avait été plus violente et ses répercussions plus choquantes que tout ce que nous avions vécu jusqu'à ce jour, mais Charles était parti trop loin dans son délire, son babillage s'était transformé en une lente litanie râpeuse et enfumée. Et puis, c'est vrai, mon père avait quelque chose de

Lady Diana. La main de Charles, sur le mur, ressemblait à une araignée.

« Mais soit. Ce que j'ai compris, c'est que c'est moi qui suis à sa place, désormais. »

Il a guetté une réaction de notre part, mais Victor se grattait les sourcils, l'air gêné, et je fixais ma couette.

« D'une manière différente, bien sûr. Et j'ai la même voix que lui. »

Ni Victor ni moi ne voyions le rapport. Et puis il avait tort. Il avait la même voix que mon père mais une façon tout à fait différente de peser sur les mots, de les accentuer à la manière de ma mère, une façon presque hystérique d'organiser sa pensée qui n'était pas celle de mon père et ne sonnait pas comme lui. J'ai toussoté en essayant d'adopter un ton sympa :

«Tu devrais moins fumer, Charles. »

J'étais mal à l'aise et même s'il aurait été facile de glisser vers la zone marécageuse où stagnaient les souvenirs de mon père (l'odeur du magasin, son sourire mystérieux, son habitude de glisser une main dans mon dos quand je marchais sur des murets trop hauts), je répugnais à ce que nous nous y vautrions tous les trois. Il nous faudrait des jours, des semaines pour nous remettre d'une discussion commune. Il y avait eu des moments bizarres où nos cerveaux disjonctaient à tour de rôle face à tant de souffrance, les angines à répétition de Victor, les soirs silencieux à Marseille où Charles fumait cigarette sur cigarette devant le château d'If en insultant les mouettes pour ne pas pleurer, mes réveils nocturnes aux cauchemars traumatisants où des cambrioleurs clouaient les têtes de mes frères au mur de la nouvelle maison ; mais jamais nous n'avions baissé les armes tous les trois simultanément et il me semblait impossible que nous survivions au chagrin si nous parlions ensemble de mon père. C'est le temps, je l'apprendrai par la suite, qui nivelle le drame. On arrive peu à peu à regarder l'horreur, ou si ce n'est l'horreur, alors des bribes de l'horreur, plus ou moins en face. Elle s'adoucit, aussi insupportable soit-elle. Elle prend d'autres couleurs et se mue parfois en haine, en aigreur ou en cynisme. Ou d'autres fois – « Et c'est peut-être le pire des cas », me dirait Charles des années plus tard – en une résignation douce.

« Je n'ai pas fumé de joints, a ricané Charles en fixant Victor qui s'est mis à rire aussi, et d'un mouvement de tête commun nous avons fini par tous regarder le plafond. J'ai fumé de l'opium. Oh, tu peux le dire à Maman. Ça ne me dérange pas », fanfaronna-t-il en se tournant vers mon frère avec un sourire narquois.

Victor s'est levé, a posé son livre sur le bureau, a marché jusqu'au couloir et a crié :

« Charles a fumé de l'opium. »

Froufrou de l'eau coulant dans la baignoire, voix embuée qui n'avait rien entendu :

« Quoi ?

— Charles raconte n'importe quoi, a crié de nouveau Victor.

— Normal, rien d'étonnant », a hurlé ma mère en retour.

Charles s'est marré. Il a roulé vers le bord du matelas, m'a poussée un peu et a calé ses pieds sur mes genoux. Il a soupiré :

« Mes petits Einstein… »

Puis il s'est endormi.

4

Avant, à La Réunion ou à l'époque de la rue Chauvelot et des jours qui ont suivi la mort de mon père, je me réveillais la nuit en hurlant et la voix de Charles me parlait depuis une autre pièce de la maison: «Tu fais un cauchemar, Palma. C'est rien.» Je me rendormais apaisée, certaine que Charles serait là n'importe quand pour me rattraper, me cacher ou m'aider à m'enfuir. Se tournant vers ma mère, le matin: «Palma et ses cauchemars, Maman, ça devient flippant. Il faudrait qu'elle voie un psy.» Ma mère: «Elle déteste les psychologues. Elle leur ment.» Il passait ses nuits à fumer des cigarettes à la table de la cuisine ou dans le salon, et je l'imaginais parfois en train de lire trois cents fois les mêmes magazines sur la boxe ou le *Livre des records*, mais la vérité c'est que je n'ai jamais su comment Charles occupait ses nuits d'insomniaque. Il était là, c'est tout. En Aveyron, mes rêves étaient tous les mêmes: je me trouvais dans une chambre d'hôpital grise où, contre le mur qui me faisait face, je croyais voir, l'espace de quelques secondes, mes parents assis sur deux chaises en plastique. Ils me regardaient fixement.

Des silhouettes douces tâtaient mon bras. Le temps passait de manière aléatoire, s'accélérait si je le lui demandais, et même si la seule chose que je voyais depuis mon lit était un mur, et ces deux chaises en plastique vides, je planais tellement que cela m'était égal. Je priais de longues minutes, shootée à la morphine et presque ravie, pour que mon père entende mon appel et réponde à mes innombrables questions. Il semblait à portée de main, si près que je pouvais le toucher si je tendais le bras vers un coin de la pièce, là où il aurait été s'il avait été encore vivant, mais je ne le voyais plus. Je parlais invariablement à Charles, Victor, ma mère et Lakushka, sans discontinuer, les monologues dans ma tête formant un discours limpide et clair qu'il me fallait leur transmettre de toute urgence, mais mon bras retombait bien vite sur les draps, épuisé d'avoir tenté un mouvement vers le téléphone que je croyais voir à côté du lit. Des souvenirs heureux défilaient, se déformant jusqu'à l'horreur. Victor et la coupe dorée qu'il avait rapportée du tournoi d'échecs ; un soir d'hiver où Charles, à peine dix ans, m'avait expliqué comment fonctionnait la lumière (« En fait, elle vient d'une sorte de grande turbine située dans le désert et qui alimente le monde entier ») ; de vieilles photographies de ma mère trônant à côté d'une bicyclette, le jour de ses neuf ans, elle avait le regard grave de Victor ; les quelques bouquets offerts à l'enterrement de mon père ; Lakushka tenant fermement une grenouille dans sa main, quelque part près du lac du Salagou. « Tu ne dois pas rentrer seul », m'étais-je entendue dire à voix haute, dans le vide, à un Charles évanescent appuyé contre une voiture. « Tu ne dois pas rentrer seul, sinon ils vont t'attraper. » Un hurlement, des infirmières – dont les traits prenaient peu à peu, à mesure que je revenais à la réalité, ceux de mon grand frère. Puis mes pensées dérivaient à nouveau : où étaient passées les cellules de mon père ? Ses atomes ? Et tout se perdait dans un paysage lumineux où un rire cristallin résonnait à mes oreilles, et en me penchant je ramassais le petit bonnet rouge d'une enfant, jusqu'à ce que la voix de ma mère murmure quelque chose comme : « S'il y a le moindre doute, je dirai que c'était moi. »

À Escamadur, la voix de Charles ne me réconfortait plus aussi souvent. Il était parfois absent, et bien que ma mère ne se doutât de rien, Victor et moi n'en parlions jamais, de peur qu'elle ne surprenne notre conversation. Je devinais parfois un rire étouffé à l'étage inférieur, des éclats de voix sortant de sa chambre située sous la nôtre, et ses réveils se faisaient plus tardifs. Il débarquait dans la cuisine un peu avant le déjeuner, et ma mère, les joues enduites de crème hydratante, lui ordonnait d'aller mettre un pull (sinon il attraperait la mort). Il restait quelques secondes devant le frigo ouvert, en caleçon, à chercher une brique de lait qu'il buvait à même le goulot, ce qui nous dégoûtait tous, en mimant un geste d'apaisement en direction de ma mère. Charles debout dans la cuisine, une main plongée dans le paquet bleu de Frosties, la bouche pleine, une autre sur son torse maigre et taillé en V, ses caleçons bleus flottant autour de ses cuisses que je trouvais épaisses – des cuisses de footballeur ou de marine s'apprêtant à partir combattre en Afghanistan, des cuisses d'adulte. Sa grande silhouette maigre évoluait nerveusement dans la maison, toujours sur le qui-vive, ses genoux tressautaient à table, ses doigts jouaient du piano sur n'importe quelle surface, et il émanait de lui une énergie bouillonnante, qu'aucun d'entre nous n'était capable de maîtriser. C'était toujours Charles, cependant. Doux, sec, gentil, souvent charmeur. La boulangère, les profs, nos voisines et probablement quelques voisins (qui ne l'avoueraient jamais) avaient été contaminés par sa beauté et ses rictus timides. L'amusement permanent de Charles, son sourire ironique, sa vivacité et sa brusquerie étaient teintés d'une gêne et d'une modestie qui lui valaient la sympathie immédiate des autres. Ça et le mystère, la mimique gênée qu'il avait en permanence. C'est encore Charles qui tirait ma mère du lit les matins où elle refusait de se lever parce qu'elle était trop déprimée, c'est lui qui ouvrait les volets pour laisser entrer la lumière hivernale qui nous minait tous. À l'école, Charles était populaire et les filles de ma classe ont fini par m'adresser la parole dès qu'elles ont compris que j'étais sa sœur. Est-ce qu'il est célibataire ? Il parle de moi, parfois ? Je prenais un air supérieur, je répondais avec mystère.

« Je brise les cœurs, Lakushka, je brise les cœurs », répondait-il à ma grand-mère, juché sur un tabouret pour réparer l'ampoule de l'entrée pendant qu'il coinçait le téléphone entre son oreille et son épaule.

Tant que mes frères et ma mère étaient avec moi, tant que nous dormions tous sous le même toit, je ne demandais rien d'autre que cette solitude. Aujourd'hui encore, ce sont les seuls êtres avec lesquels j'ai eu l'impression d'être vraiment moi, et de marcher à mon pas.

*

C'est à la sortie des cours que la température baissait à Escamadur. La tension dans mon ventre se libérait alors. Les soirées étaient froides, et parfois, même durant la première moitié de septembre, une fine couche de givre grimpait le long de la fenêtre de ma chambre. Ma mère travaillait parfois plus tard que prévu, et il est arrivé plusieurs fois cet automne-là que nous attendions dans sa voiture devant le cabinet médical du docteur Jesaisplus-comment (aucun de nous trois n'a jamais réussi à se rappeler le nom de ce médecin, qui fut l'un des innombrables patrons de ma mère, et même sa silhouette s'efface dans mon souvenir – un homme qui vous serrait la main mollement), parfois assez longtemps pour jurer que nous allions mourir d'ennui et ne jamais ressusciter. Les trottoirs et les lampadaires furent nos meilleurs compagnons. Le soir, la nuit, à ces heures où il fait déjà noir alors que la journée traîne vers la fin d'après-midi, je louchais sur ces aplats de gris brut sur lesquels Victor constatait que la pisse des chiens formait des dessins, là où les jambes de Charles s'agitaient si nous attendions depuis trop longtemps dans la voiture. Surfaces lisses, goudron à paillettes scintillant d'un air morne et que je regardais par la vitre (seuls des enfants peuvent remarquer cela, ou seuls Victor et moi). Plus l'hiver arrivait et moins ma vue me permettait d'apercevoir autre chose que les quelques mètres de trottoir devant la voiture, et les paillettes scintillaient de plus belle lorsque apparaissait la faible lumière, comme un mouvement de tête, des réverbères. Charles fumait des cigarettes légères, les pieds sur le tableau de bord, et de temps en temps il se tournait vers nous pour demander l'heure – une question à laquelle, à tour de rôle, Victor et moi rétorquions que nous n'en savions rien, puisque l'horloge de l'autoradio indiquait en permanence 11:53.

«Vous avez déjà fouillé dans les affaires de Maman ? nous a demandé Victor un soir au début du mois d'octobre, penché sur une lettre qu'il écrivait pour Lakushka.

— Si j'étais toi, je ne ferais pas ça, lui a répondu Charles en se tournant vers lui depuis son siège avant, l'air grave. Elle déteste ça.

— Je déteste ça aussi et elle a lu à peu près quarante fois mon journal, ai-je coupé.

— C'est différent», a répliqué Charles en passant une main dans ses cheveux, un coup d'œil dans le rétroviseur, pendant que depuis la vitre de la voiture je voyais la tête de ma mère apparaître derrière l'un des carreaux du cabinet médical, comme toutes les dix minutes environ, pour vérifier que nous étions toujours là.

«Elle, elle a peur, a-t-il repris. Tu as fouillé où ?

— Dans le placard à vêtements», a confié Victor.

J'adorais ce placard parce qu'y était enfermée l'odeur de ma mère, une odeur qui se mêlait à sa veste en cuir, à sa ceinture en croco enroulée sur elle-même et aux quelques vestiges de modes dépassées – bandeaux de hippie autour des cheveux, fuseau élastique.

«J'ai trouvé des factures, une lettre, des trucs comme ça... Je m'apprêtais à lire la lettre, puis je suis tombé sur un truc qui, je crois, contient les cendres de Papa.»

Charles a tiré une bouffée de sa cigarette, une Marlboro Light (par la suite, l'idée qu'il ait commencé à fumer avec des cigarettes aussi légères me ferait sourire), en regardant Victor dans le rétroviseur.

«Super joyeux.

— Ce ne sont même pas ses cendres, ai-je lancé.

— Si, a répliqué Victor.

— Ils brûlent le cercueil en même temps que le corps, donc j'appellerais plutôt ça de l'escroquerie», ai-je conclu.

Et c'était vrai. J'avais vérifié sur l'un des ordinateurs de la bibliothèque du collège. Mon père brûlé parmi des planches de bois et des poignées de cuivre. Mais en voyant la réaction de Victor j'ai compris que je n'aurais pas dû dire ça, alors j'ai rapidement changé de sujet:

«Tu veux une histoire?»

Victor aimait que je lui raconte des histoires, et j'avais pris l'habitude de lui en inventer une chaque soir, avant de dormir. Il a secoué la tête gentiment en dégageant ma main de son bras, sans parler, et s'est penché à nouveau sur la lettre de Lakushka. Charles a épousseté son anorak sans fermeture, a ouvert la portière et fait le tour de la voiture en pliant de temps à autre les genoux, comme s'il faisait de l'exercice. Il a fini par s'asseoir sur le trottoir entre deux voitures, celle de ma mère et une ZX marron. Il faisait particulièrement froid. Escamadur était un village humide, enfoncé entre des collines, et la brume y tombait tôt. J'ai ouvert la portière et il m'a demandé, fronçant les sourcils, d'une voix un peu plus forte:

«Tu sais ce qu'il faut, pour les histoires?»

Il regardait devant lui, à hauteur de caniveau, comme si le spectacle était fascinant.

«Il faut rencontrer des gens. Et tu ne rencontres personne. On ne rencontre personne.

— Tu rencontres plein de monde, Charles... Tu connais toutes les filles de moins de cinquante kilos du lycée, ai-je répliqué. Tu connais même le sosie de Brigitte Bardot.

— Je suis sérieux, Palma. (La fougue dans sa voix me rappelait quelqu'un, mais de manière floue.) Si tu veux raconter des histoires, il faut que tu t'intéresses à la vie des gens. De l'observation. Tiens, invente-moi la vie du mec de cette voiture-là.

— C'est un trou-du-cul.

— Pas comme ça. Pour de vrai.

— C'est un type. Il est né dans les Vosges, en 1958. Il a deux enfants et il est contrôleur de train ou je ne sais quelle merde. Charles, ce n'est pas drôle, je m'en fous... »

J'ai attendu deux secondes avant de m'éclaircir la voix : «Tu sais ouvrir les portières de voiture ? »

Il a fait claquer sa langue.

«Alors ouvre-moi celle-ci.

— Celle du trou-du-cul ? »

Et Charles, qui tenait du miracle, s'est exécuté.

5

Nous n'avions pas le droit d'être là. C'était comme entrer par effraction dans une maison ; d'ailleurs, ça aurait pu être une maison. Il y avait une odeur de bébé et de renfermé. Fouler aux pieds un espace sacré où les enfants entrent comme dans un moulin, leurs joues rouges de froid, et attachent leur ceinture sans se soucier de rien. Un sanctuaire qui attendait le retour de ses occupants à la manière d'un chien son maître devant un magasin, attaché à un poteau par sa laisse, à la merci de n'importe qui. C'était silencieux et chaleureux. La voiture n'était pas neuve et les sièges en tissu bleu marine étaient élimés à plusieurs endroits, laissant apparaître de petites touffes de coton blanc. Tout y était familier – et pourtant étrangement différent de ce que j'aurais vécu, moi, dans cette voiture : le sapin vert accroché au rétroviseur, le frein à main rongé par un chien, semblait-il, le carnet de santé en plastique bleu dans la boîte à gants, et un pack d'Hépar posé sur la banquette (« Problèmes de transit ! » a hurlé Victor en rentrant en trombe dans la voiture une minute après, si vite que sa tête a frappé un grand coup dans le dos de Charles). Il n'y avait pas de musique, alors Charles a fredonné une chanson que je ne connaissais pas, tout en allumant le plafonnier. Quand la lumière jaune et plate a écrasé son faisceau sur les sièges, sur la doudoune vert pomme de Victor trop petite pour lui, sur mes Fila, je me suis demandé si nous finirions par vivre dans une voiture parce que ma mère n'aurait plus les moyens un jour de nous payer un toit. Trois mètres carrés, et un autocollant PSG sur le tableau de bord. Ça m'allait.

Je me suis glissée contre le volant en repoussant les assauts de Victor pour atteindre le klaxon. Il y avait des poils de chien sur le tapis du siège passager. Nous avons fermé la porte et éteint la lumière, et nous sommes restés là quelques minutes dans l'obscurité, éclairés par les phares des rares voitures qui passaient.

« On a des loisirs bizarres, ai-je commenté.

— C'était ton idée, a répondu Charles avec calme. C'est toi la plus bizarre de nous trois.

— C'est vrai », a affirmé Victor.

Une fois les portières claquées, le bruit du village avait quasiment disparu. Nous aurions pu être seuls au monde. J'ai posé les pieds sur le tableau de bord.

« Vas-y, a murmuré Charles en tournant la tête vers moi dans un bruissement d'anorak. Entraîne-toi.

— Imagine-nous une vie pour plus tard », m'a demandé Victor.

C'est ce que préférait Victor, et c'était très simple. Il suffisait que je me concentre un peu, puis je laissais mon cerveau divaguer. Je nous imaginais dans le futur, et je leur parlais de tous les trucs qu'on ferait. Charles faisait semblant de s'en moquer mais il écoutait attentivement en regardant ailleurs, et parfois il riait. Je leur racontais les trains de nuit que nous prendrions en Russie dans des gares désertes et pleines de brouillard, les taxis commandés d'un geste négligent de la main, les millions de cigarettes fumées, les vols d'œuvres d'art, les robes Valentino en satin rose foncé et les liaisons calculées avec des personnalités éminentes du monde entier. Parce que même si les rues d'Escamadur étaient tout le temps vides et grises, même si chaque être humain qui nous croisait nous dévisageait de longues secondes comme si nous étions des extraterrestres, je connaissais le tumulte et l'indifférence d'autres vies, je pouvais les sentir au bout de mes doigts, les matérialiser sur mes paupières rouges. Pire, ce tumulte et cette indifférence me manquaient, même si je ne les avais jamais connus. Les églises désacralisées du sud de Brooklyn que des jeunes de mon âge louaient deux mille dollars la nuit pour leur *graduation party*. Les divorces où l'on fait appel à une mafia quelconque pour éliminer la personne à laquelle un jour, au creux d'une mairie rococo, on a pourtant passé un cercle d'or autour du doigt (on avait même pleuré un peu). Tout cela existait, quelque part, et je le savais. Les dossiers d'instruction confidentiels glissés aux journalistes par des avocats véreux, sous les tables des restaurants de province. Les cabanes sans chauffage dans les montagnes du Khakaze, au fin fond de l'Altaï, où des ermites s'immergent chaque matin dans des bassines d'eau glacée. Et les maisons en train de se construire dans les quartiers fantômes du Nevada, dans la banlieue de Las Vegas, et les chambres d'hôtel aveugles de la porte de Clignancourt. Des filles rêvaient de tomber enceintes à Shoreditch et s'écroulaient trois soirs par semaine ivres mortes en rentrant dans leur deux-pièces de Hackney, je pouvais facilement les imaginer si je fermais les yeux, et les vibrations des vies ailleurs nous touchaient presque. Après tout, dans ma classe, à Escamadur même, il y avait un garçon dont le père avait disparu du jour au lendemain quand il devait avoir trois ou quatre mois, avant de faire la une de tous les journaux d'Asie mineure dix ans plus tard pour escroquerie de haut vol – il avait extorqué plusieurs dizaines de millions de dollars à un prince égyptien, à une actrice de cinéma à la retraite, à d'autres encore. Voilà ce qui nous attirait. Des mariages en plein hiver à Crans-Montana, des comptes en banque vidés du jour au lendemain et un producteur de cinéma raté végétant à grand renfort d'Oban dans son canapé en skaï, quelque part dans la palmeraie de Marrakech, avant de se suicider la tête dans un sac en plastique. Nous pouvions être tout ça. Peut-être que c'est ce que tous les enfants voient pour leur futur, je ne sais pas. J'imagine que personne ne voit un open space et des bus si matinaux qu'on les attend dans le noir, à un arrêt balayé par les courants d'air.

« Et la mafia, a dit Victor. Raconte-nous une histoire de mafia. »

Dans ces moments-là, je sentais mon père – sa présence, ou je ne sais quoi, une lumière verte qui s'allumait en moi pour me signaler qu'il était peut-être là. Mais peut-être était-ce un truc envoyé par les dieux pour que je ne crève pas de solitude.

« J'aimerais vivre à côté de chez vous », ai-je dit en sachant qu'aucun de mes frères ne répondrait à quelque chose d'aussi sentimental, et personne n'a d'ailleurs répondu. J'ai rectifié, pour ne pas avoir l'air trop idiote: « Les familles de la mafia vivent toutes ensemble, dans des propriétés et tout.

— Pour ça il faut de l'argent, a coupé Charles.

— On pourra faire tueurs à gages », lui a sereinement répondu Victor.

Charles et moi avons eu une moue tentée. Une horloge a sonné quelque part. Il faisait nuit noire.

« Maman », a glapi Victor.

Nous avons tourné la tête d'un même mouvement vers l'endroit qu'il pointait: ma mère fermait la porte du cabinet médical, debout sur le perron. En catimini, aussi silencieusement que possible (jusqu'à ce que Victor donne un grand coup de pied dans le dos de Charles pour qu'il aille plus vite, et que celui-ci hurle), nous sommes sortis de la voiture dans la nuit noire, trouée par la lueur de quelques réverbères pâles. Ma mère a plissé les yeux vers nos trois silhouettes entassées sur le trottoir.

« Que faisiez-vous ? »

Elle tenait ses clefs devant elle, comme pour se protéger. Derrière moi, Charles hurlait encore, pendant que Victor et moi ricanions.

L'air furieuse, elle a désigné la R5 d'un grand mouvement de bras :

« Et la voiture ! Vous auriez pu la fermer, au moins.

— Personne ne volera jamais rien ici », ai-je rétorqué.

Ma mère s'est gratté la joue deux secondes, puis, après une moue perplexe, s'est engouffrée dans la voiture, où Charles a mis NTM à fond, ce qui a énervé Victor qui ne pouvait plus se concentrer sur sa partie d'échecs.

«Tu sais, je dis à tout le monde que tu es intelligent, Victor, mais tu n'y connais vraiment rien en musique.

— Ce n'est pas de son âge, a dit ma mère en tournant le volant dans tous les sens pour sortir de la place où elle était stationnée, coincée entre deux voitures, dont la ZX.

– C'est de l'âge de n'importe qui (Charles a roulé les yeux comme si elle était arriérée, ses mains s'agitant autour de sa tête), Maman. J'ai offert *Authentik* à Palma quand elle avait six ans, et elle le connaissait par cœur.

— Cette rivière est vraiment trop laide, a commenté Victor en regardant par la vitre, sans tenir compte de la discussion.

— C'est un fleuve, ai-je dit.

— Évidemment, il fait nuit. Ce n'est pas le meilleur moment pour admirer un fleuve, a soupiré ma mère. La Seine aussi, c'est moche, la nuit. C'est principalement de la pisse de rat.

— Et ça coûte cent cinquante euros d'amende de s'y baigner», a prévenu Charles.

6

Bientôt, ouvrir des voitures fut un jeu d'enfants pour nous trois. C'était gratuit, rapide, distrayant et très simple. Parfaitement idiot aussi. Charles nous apprit à déverrouiller les portières (celles de notre époque, aux verrous qui se baissaient) à l'aide d'une tige métallique en forme de crochet que nous nous prêtions à tour de rôle, et marcher dans la rue devint une longue mise à l'épreuve pour ne pas forcer le premier véhicule venu. Pour pénétrer les voitures, nous profitions des soirs où ma mère finissait tard mais aussi des pauses de midi, où malgré des cartes de demi-pensionnaires plastiquées de rouge nous arrivions à nous faufiler hors de l'établissement et à passer l'heure entière à respirer l'odeur des cigarettes que Charles « empruntait » à ma mère. Nous restions à l'intérieur parce que aucun d'entre nous ne savait faire démarrer une voiture, mais je tannais Charles pour qu'il apprenne, comme dans *Taxi*, à emmêler des fils pour faire rugir le moteur. Nous étions discrets et, après tout, inoffensifs. Nous ne nous préoccupions pas de nos empreintes digitales, et personne d'ailleurs ne se rendit compte de notre nouveau loisir. Parfois, nous volions des bricoles, des briquets, des chewing-gums et les pièces de monnaie laissées sous le frein à main, franchement rien – de la ferraille. C'était davantage l'envie de posséder que l'objet lui-même qui m'intéressait. Dans l'un de mes accès de rage, un après-midi d'hiver où la nuit était tombée à seize heures, j'avais essayé d'arracher le plus violemment possible une plaque d'immatriculation. Je m'étais acharnée des deux mains pendant de longues minutes avant de me rendre compte que mes ongles saignaient et que la plaque n'avait pas bougé d'un centimètre. J'étais rentrée chez moi en craignant que quelqu'un ne m'ait entendue. Mais cette absence de possession qui nous rongeait parfois (possession de petits objets, de gadgets, de monnaie à laquelle Victor et moi ne touchions pratiquement jamais) était largement compensée par ce nouveau passe-temps. Les doses d'adrénaline et les cocons rassurants des voitures, où personne ne nous surveillait, nous permettaient de trouver la vie supportable malgré l'école, que je détestais, les jours sans véritable relief, et l'ambiance déprimante qui régnait à la maison. C'est dans l'Aveyron qu'a eu lieu le premier anniversaire de la mort de mon père, en plein mois de janvier. Impossible à décrire : sinistre. De tout l'hiver, ma mère n'a plus ouvert le courrier. Charles et Victor vidaient régulièrement les enveloppes qui s'entassaient dans la boîte aux lettres sans même s'embêter à regarder qui les avait envoyées. Elle a rapidement cessé de payer le téléphone et la redevance télé, si bien que l'un et l'autre ont été coupés à quelques jours d'intervalle. Charles continuait à allumer le poste de télévision dans sa chambre, même si l'écran affichait un fond neigeux imperturbable et qu'un bourdonnement désagréable emplissait la pièce. «Je préfère. Sinon c'est trop silencieux», se justifiait-il, le visage fermé, extrêmement sérieux pendant que nous nous moquions de lui.

«On va visiter la voiture de Manili aujourd'hui», m'a dit Victor un matin, mâchant un bout de madeleine, lors de la récréation de dix heures.

J'ai levé les yeux, surprise.

«T'es malade?»

Il a hoché la tête sans paraître impressionné.

«La voiture d'un prof? C'est notre professeur à tous les trois.

— Oui, m'a-t-il répondu, indifférent. Charles trouve ça marrant. Je crois qu'il n'aime pas Manili, il l'a qualifié de... "victime parfaite". Oh, tu sais, les lubies de Charles. Apparemment Manili reste enfermé dans une salle de classe à la pause déjeuner, occupé à faire je ne sais quoi.»

Puis, en me tendant le dernier quart de sa madeleine:

«Tiens. Je l'ai trouvée sous le préau.»

À midi, j'ai rejoint mes frères devant le portail, et Charles, à petits pas bondissants et stressés, nous a fait traverser le parking vide jusqu'à une ruelle donnant sur la façade arrière de l'école.

«Entrée des profs», a-t-il indiqué très vite en montrant du doigt une porte en bois. Pointant une voiture, quelques dizaines de mètres plus bas: «Et voiture de Manili.»

Une Citroën XM verte garée au bout de la rue, isolée et banale.

«C'est risqué, une voiture seule, loin des autres», a jugé Victor en ouvrant mon sac à dos. Mais il souriait, et nous étions bêtement excités. Charles faisait le guet quelques mètres plus loin, près de l'entrée des professeurs, appuyé contre le mur, une cigarette aux lèvres.

Victor s'est engouffré avant moi. C'était aussi silencieux que d'habitude, mais cette fois nous savions à qui elle appartenait. J'ai touché du doigt la poignée de la portière : partout devait traîner l'ADN de Manili. Une lampe de poche dans la boîte à gants. Avait-il des enfants ? C'était probable, parce qu'il y avait une cassette d'Aqua dans le compartiment sous le frein à main, à côté de plusieurs briquets et de ce que Charles a pris pour un sachet de weed (je l'ai vu à la pause qu'il a marquée en découvrant le sachet en plastique, à la manière dont il l'a ouvert et refermé aussitôt après l'avoir senti, vaguement déçu – du thé vert). Le magazine *Public* sur le nouveau phénomène télévisuel : « Loft Story » et Loana. C'était bizarre d'imaginer ce type avoir une vie ailleurs qu'en classe, une vie sans traces de craie sur la manche droite. Victor s'est calé dans le siège, les pieds sur l'appuie-tête de Charles, assis devant le volant.

« Tu sais, Charles, que si quelqu'un nous aperçoit maintenant, on est morts, ai-je lancé.

— Cette fois, ce n'est pas comme d'habitude, m'a répondu Charles en regardant autour de lui à la recherche de son sac à dos. On sort de l'ordinaire, les gars. »

Il a fouillé dans son sac, en a sorti quelque chose que je n'ai pas pu voir à cause de ma myopie, puis s'est tourné brièvement vers moi avec un clin d'œil :

« Tu vas être contente, Palma.

— Oh non », a chuchoté Victor.

Il a détourné la tête vers la rue vide en soupirant.

«Allez, Victor, fais pas la tronche», a fanfaronné Charles alors que le moteur démarrait.

Je suis restée stupéfaite une seconde ou deux, pendant que Victor boudait, la tête tournée vers la vitre.

«Mais…»

Avec un bruit de cinéma, Charles a démarré en trombe dans la rue vide, a dépassé l'école et les quelques rues alentour, le centre-ville, un kiosque à tabac, puis la voiture est partie sur une route inconnue vers les hauteurs qui surplombaient le village. J'ai lancé un regard alarmé à Victor. Il a enlevé son bonnet en soupirant:

«Il ne fallait pas lui mettre ça en tête, Palma. Maintenant non seulement il a appris à ouvrir des voitures, mais aussi à les faire démarrer.»

Charles a éclaté d'un rire surexcité, et j'ai ouvert la bouche, abasourdie. La voiture filait à toute vitesse sur des routes goudronnées, le long des champs vert profond, parfois piqués de petits barbelés. Mottes de terre, lopins retournés, collines environnantes. Une vache couverte de terre, parfois. Charles roulait si vite que je n'arrivais même pas à distinguer un mouton d'une vache. Son regard dans le rétroviseur était précis et concentré comme celui des athlètes lors des compétitions retransmises à la télévision.

«Regardez-moi ça, a crié Charles, surexcité. Elle se traîne bien, cette voiture. C'est beau, non?»

Ça ne l'était pas vraiment. Nous nous aventurions dans les hauteurs, vers la forêt, et une pensée m'a traversée: et si Charles était pris de folie et continuait à accélérer, à nous entraîner avec lui, à nous éloigner délibérément de ma mère? Les arbres avaient perdu leurs feuilles et gisaient là. Des troncs bruns inanimés. Nous dormirions dans les stations-service, nous nous doucherions dans des flaques d'eau, les uns à côté des autres. Ma mère seule dans des maisons vides, maigre et en larmes. « Partis sans laisser de numéro de téléphone », réciteraient en boucle les médias du coin. La panique m'a fait disjoncter et j'ai hurlé si fort que Charles a freiné brusquement, pendant que Victor s'égosillait pour me ramener à la raison.

« T'es complètement malade, a crié mon frère alors qu'il éteignait le moteur. Putain, j'ai eu la peur de ma vie.

— Moi aussi », ai-je balbutié.

Charles ne décolérait pas et a virevolté vers moi dans un bruit d'anorak :

« Putain, on ne peut pas s'amuser avec toi. On ne peut pas couper deux secondes et faire un truc marrant. Tu es tout sauf drôle. »

Il se tenait la tête comme s'il était victime d'une erreur judiciaire particulièrement grotesque, et je n'ai rien osé dire quand il a redémarré en me jetant un regard hargneux.

« Allez, sortez de là, a-t-il lancé une ou deux minutes plus tard, devant une aire de pique-nique vide et pleine de flaques. On va prendre un truc à manger. »

Il a cherché de la monnaie dans ses poches pendant que Victor remettait son bonnet et inspectait le distributeur automatique. Rien ne me donnait envie mais Charles m'a fourré une cannette de Coca et une boîte de Skittles multicolores dans les mains en m'ordonnant :

« Tiens. Mange. »

J'ai bu sans rien dire en regardant Victor qui contemplait les collines en bas, assis sur une table en teck, piquant de temps à autre un Skittle acidulé dans le paquet. Charles fumait nerveusement près de la voiture. Dans ces moments-là il m'effrayait vaguement. Une tension s'installait dans mon corps, et même si je savais qu'il ne me ferait pas de mal, je scrutais ses poings en essayant de rester à une distance de sécurité réglementaire. Nous sommes retournés vers l'école sans un mot. J'étais morte de peur à l'idée que Manili nous attende avec les flics – ou pire, avec ma mère. Mais Charles a éteint le moteur dans la rue vide et nous sommes sortis silencieusement.

« Ça n'avait aucun sens », ai-je dit en remontant le col de mon manteau face au vent. J'ai touché son coude du bout des doigts :

« Et pourquoi voulais-tu que ce soit la voiture de Manili et pas une autre ?

— Pour rien. Simplement je n'aime pas ce type. »

Il a fait quelques pas alors que je m'étais arrêtée à une dizaine de mètres de la voiture, puis il s'est tourné vers moi :

« Tu sais pourquoi ? Il s'est approché très près de Maman, à la réunion parents-profs. Pour lui parler. Très, très près.

— Ah oui, et alors ?

— Et alors (il a regardé le sol d'un air impérieux), elle n'aime pas ça. »

Il a enfoui son menton dans le col de son anorak et a bafouillé : « Je te rappelle qu'elle est seule. » Mais avant que j'aie pu réagir (quelque chose comme « C'est toi qui n'aimes pas ça, ducon »), il avait déjà tourné à droite et je ne l'apercevais plus. À côté de moi, Victor a secoué la tête en soupirant. J'étais en train de m'imaginer plus tard, adulte, essayant de chercher dans l'annuaire les coordonnées de mon frère en sachant déjà que je ne les trouverais jamais, priant pour qu'il soit encore en vie ou qu'il accepte d'assister à mon mariage, lorsque j'ai senti une présence derrière nous. Je me suis retournée et le garçon bizarre de ma classe, celui dont le père avait été retrouvé un an plus tôt quelque part au Cambodge ou au Vietnam et jugé pour escroquerie, nous fixait, Victor et moi. Il était planté à côté de la Citroën XM verte de Manili, l'air déconcerté plutôt qu'accusateur. Sa casquette sur la tête, habillé tout en noir, l'air doux et surpris. Victor et moi avons échangé un regard stupéfait, puis nous nous sommes mis à courir en direction de l'école, si vite que mon sac à dos s'est ouvert, et en arrivant dans la cour, lorsque j'ai pilé sur mes baskets pour ne pas me prendre un élève en pleine face, son contenu s'est éparpillé tout autour de moi – trousse, crayons, stylos et cahiers.

7

Ce soir-là, à la grande surprise de ma mère, je suis rentrée à la maison avec ce que l'on pourrait appeler un nouvel ami. Un garçon, en plus. Quelques heures plus tôt, alors que j'entrais en classe le dos voûté sous mon sac à dos, essayant d'y remettre les affaires qui s'étaient dispersées dans la cour, quelqu'un m'avait tapé dans le dos.

« Hé. Tu as fait tomber ça de ton sac. »

C'était le garçon qui nous avait vus arriver dans la voiture de Manili – Robin. Le fils d'un escroc de haut vol. Dans ma classe. À Escamadur, l'endroit où il ne se passait rien de rien. J'adorais l'idée, mais j'ai rougi violemment lorsqu'il m'a tendu la tige métallique d'une vingtaine de centimètres :

« Ce n'est pas à moi », ai-je balbutié, prise de court.

J'essayais de me composer un visage impassible mais mes joues étaient quasi violettes. Il a eu l'air déconcerté, m'a regardée en fronçant les sourcils.

«Ah.» Il s'est repris, a toussoté. : « Désolé. Je me suis trompé. »

Il ne m'a pas demandé ce que c'était, et sans sourciller

je l'ai vu se diriger vers la première poubelle en plastique du couloir et y fourrer la lime. Puis il m'a souri et a fait mine de partir lorsque je lui ai crié :

« Au fait, je m'appelle Palma !

— Je sais, m'a-t-il répondu, sérieux. Tu es la nouvelle. »

Il portait une écharpe brune nouée autour du cou, un anorak noir, un pantalon large de la même couleur et des chaussures de marche, ainsi qu'une casquette que chaque professeur, à chaque cours, lui demandait d'ôter. Tous les enfants ici portaient des chaussures de marche. Malgré ses habits sombres et ses manières bizarres, comme son regard sérieux et fixe alors que nous avions douze ans, ou la façon dont il repoussait la mèche de cheveux qui lui tombait sur le visage du plat de la main, il dégageait quelque chose de gentil et de touchant qui m'a adoucie. J'ai quand même passé le reste du cours à angoisser, avec des palpitations cardiaques et la tête nichée entre les mains, persuadée que Robin irait tout raconter à Manili et à tous les adultes des environs dès qu'il en aurait l'occasion.

« Ce n'est pas ce que tu crois », ai-je lâché dans un souffle, en courant derrière lui pour le rattraper.

J'avais passé pratiquement toute l'heure avant la sonnerie à rassembler mon courage pour aller lui parler.

« On a emprunté la voiture de Manili sur son conseil. Pour aller chercher un truc pour ma mère. »

Il a écarquillé les yeux une demi-seconde.

« D'accord.

— C'est lui qui... Il nous a proposé ça, voilà », ai-je continué, gênée, en m'empêchant de glisser les mains dans mes poches et en tenant mon dos le plus droit possible.

Il paraissait étonné. J'ai fini par me prendre la tête entre les mains et lui dire, sans le regarder :

« Bon, on la lui a empruntée. Mais je t'en prie, ne dis rien. »

Je savais que c'était une erreur. Victor et Charles, et peut-être ma mère, m'avaient toujours prévenue. « N'avoue jamais. Culture du secret, goût du secret. Tu peux faire ployer une armée si tu gardes le silence. Ne dis rien. Mens. » Il a hoché la tête, indécis.

Plus les années passaient, plus j'étais douée pour le mensonge – seuls ma mère et mes frères comprenaient tout de suite lorsque j'essayais de leur en raconter un. Aux autres, je mentais sur la mort de mon père, nos destinations de vacances, j'inventais des souvenirs, je parsemais chaque conversation de petits mensonges qui déviaient la trajectoire de ma vie vers un autre chemin plus sombre, plus poétique, plus ouvert, quelque chose qui selon moi avait enfin la valeur d'une véritable existence. Les limites et les frontières s'effaçaient à mesure que je mentais. Robin a souri, et derrière lui j'ai vu Victor, à l'abri de son bonnet, assis sur le banc où il m'attendait à chaque sonnerie, dans le couloir près du hall, scrutant les élèves qui passaient. Mais je n'avais nullement l'intention d'interrompre cette conversation et de le rejoindre. Il fallait non seulement m'assurer que Robin ne dirait pas un mot, à quiconque, mais aussi éviter qu'il m'ostracise devant la classe entière. La merde absolue, me suis-je dit. Putain de merde. Et pourtant, c'était ridicule. Si j'avais fait un pas en arrière, si pour une fois j'avais accepté de regarder le monde à travers un prisme presque objectif, et non à travers celui (façonné de métal noble et de laiton, peut-être, mais particulièrement névrosé, et au verre trouble) du clan familial, j'aurais pu m'apercevoir que je m'ouvrais à quelqu'un d'autre de manière tout à fait involontaire, et que se reposer sur l'épaule d'un inconnu sans s'en rendre compte n'est pas toujours désagréable.

« Pardon ? »

La voix de ma mère venait de la salle de bains, dans un tumulte d'eau.

« J'ai dit, je suis avec un ami, Maman. »

Silence. Des pas sur le carrelage, et la petite tête de Victor, sourcils froncés, est apparue dans l'encadrement de la porte. Robin et moi étions encore dans l'entrée, avec nos manteaux.

« Ah ouais », a-t-il constaté.

À Robin :

« Bonjour. »

Sa tête a disparu et il a dit quelque chose à ma mère que je n'ai pas distingué. La lumière de l'ampoule formait un parallélépipède sur la moquette du couloir. J'ai accroché mon manteau et celui de Robin à la patère, puis je l'ai entraîné vers la cuisine. La voix de ma mère a de nouveau résonné :

« C'est qui ? Charles est avec vous ?

— Non », ai-je crié, agacée. Me tournant vers Robin :

« Tu veux du Coca ? Je te préviens, on a que du Coca et de l'eau. Éventuellement du lait, si mon frère ne l'a pas fini. Et il le boit directement au goulot parce que ce type est dégueu. »

En allumant, j'ai constaté (avec une acuité telle qu'il me semblait que c'était la première fois que j'entrais dans cette pièce) l'humidité des murs, qui les gondolait sous le blanc jaunâtre du néon de la cuisine. Même si sur le trajet du retour, en marchant vers la maison avec Robin, tout avait été très simple, la conversation s'enchaînant à une vitesse incroyable, mes phrases répondant parfaitement aux siennes et Robin me saisissant le coude au carrefour au moment où une voiture avait déboulé à toute vitesse et manqué de m'écraser, là, seuls dans la cuisine, c'était différent. Sous la lumière crue, il avait l'air timide et désorienté, comme un farfadet égaré. Sourcils blonds si clairs qu'ils paraissaient blancs, yeux dont j'ai oublié la couleur mais d'une douceur infinie. Mains courtes et larges, ongles rongés. Il avait l'âge où l'on ne peut plus dire de quelqu'un que c'est un enfant. Un peu plus âgé que moi. Treize ans, quelque chose comme ça.

« Je devrais aller dire bonjour à ta mère, non ? m'a-t-il demandé, une main sur le cou, perplexe.

— Je vais aller voir si elle est prête. »

J'ai traversé l'entrée pour monter l'escalier jusqu'au couloir menant à la salle de bains, lorsque j'ai entendu les cris de Victor. Par la porte entrouverte, je l'ai vu debout, me tournant le dos, une feuille blanche à la main (une lettre, un bulletin scolaire ou quelque chose de cet ordre-là), pendant que ma mère, dans son bain, s'était assise, le chignon relevé.

« Je demandais simplement ce que c'était, criait Victor, les yeux au ciel. Pas la peine d'en faire un drame. »

Ma mère, folle de rage :

« Et depuis QUAND fouilles-tu dans mes affaires... »

Elle inondait le sol avec des gestes furieux. Ils se sont interrompus en me voyant. Ma mère a glapi un « Hello » coincé, puis tout le monde s'est tu quelques secondes, jusqu'à ce que Victor balance la feuille froissée par terre et sorte sans m'accorder un regard. Le fracas de la porte claquée a fait sursauter ma mère. Elle s'est laissée retomber dans la baignoire – une gerbe d'eau, des remous, une silhouette floue, parmi la vapeur et les murs roses de la pièce. Il faisait une chaleur à crever là-dedans (son expression, « chaleur à crever »). Elle allumait toujours le chauffage pendant des heures avant de se faire couler un bain, et ce jour-là tous les miroirs de la salle de bains étaient couverts d'une buée épaisse. Vapeurs de shampoing, cigarette écrasée il y a peu. Je me suis accroupie :

« C'est quoi ?

— Rien. Laisse. »

Elle était assise, le dos voûté, les yeux perdus vers le robinet. Ses cheveux relevés en un chignon de mèches folles.

« Ne touche pas. C'est à moi. »

Je me suis levée dans un craquement de genoux.

« Au fait, ton ami ?

— Robin », ai-je balbutié, me souvenant tout à coup de lui.

Il était toujours assis sur le tabouret en plastique, pâle et mince. Il faisait semblant de ne pas avoir entendu la dispute entre Victor et ma mère. Étrangement, je voyais en lui quelqu'un qui avait, lui aussi, survécu à un drame. Il n'avait pas d'aura particulièrement violette, ni l'air déprimé. C'était un bébé quand son père les avait abandonnés, lui et sa mère. Additionné au reste – le scandale, les chuchotements des voisins, les accusations –, cela avait-il changé quelque chose chez lui ? Je veux dire physiquement. Des stigmates. Des preuves. Des choses qui se touchent du doigt. Ses mains portaient des traces de cambouis.

«Tu conduis ?

— Hein ? (Il a vu que je fixais ses doigts.) Oh non, je ramasse des noix. Dans le champ à côté de chez ma mère. »

La porte d'entrée s'est ouverte et Charles est apparu, emmitouflé dans son anorak.

« Oh, a-t-il dit en voyant Robin attablé. Bonjour.

— C'est la merde entre Maman et Victor, ai-je grimacé pendant que Robin se levait et lui serrait la main. Engueulade. Je ne sais pas, je ne sais pas, ai-je ajouté avec de grands mouvements des bras en couvrant sa voix. Je n'ai rien entendu. »

Charles a posé son écharpe, s'est tourné vers moi. Un temps d'arrêt, la main sur le portemanteau.

« Si tu veux tout savoir (il hésitait, la voix hachée), je n'en peux plus de cette ambiance de merde. J'ai l'impression de vivre dans le putain de tombeau de Toutânkhamon. »

Il s'est approché de l'escalier, l'a monté d'un pas vif.

«Toutânkhamon, a-t-il crié de nouveau avant d'entrer dans la chambre que je partageais avec Victor.

— C'est Charles qui hurle comme un dingue ? » a braillé ma mère, du fin fond de sa buée.

Je me suis tournée vers Robin. Il a ri nerveusement dans le silence de la cuisine, puis a repris son sérieux :

« Je devrais peut-être vous laisser.

— Oh non. S'il te plaît. C'est déjà assez horrible. »

Moi aussi, je n'en pouvais plus de cette ambiance merdique. J'ai attrapé nos manteaux et lui ai fait un signe de tête.

«Viens. On se casse. Dehors, n'importe où », ai-je insisté

devant son regard interrogateur. J'ai hurlé à ma mère que je serais de retour à l'heure du dîner sans lui laisser le temps de répondre et j'ai entraîné Robin en inspirant largement dans la nuit froide.

Ça ne le dérangeait pas de s'asseoir sur les trottoirs, par terre. Il était calme et attentif, avec un rire discret, du genre silencieux, qui partait parfois dans de grands éclats rauques. Il me désignait les choses du bout des doigts : « Regarde. C'est hyper beau. » Les salons lumineux, les décors des maisons que l'on observait depuis la rue. Un bar ouvert au carrelage sale, avec une boule à facettes projetant des lumières argentées pour personne. Le reflet vert d'une pharmacie dans les cheveux d'une passante. Une voiture avec un capot Superman. «Toi qui aimes les voitures. » J'étais frappée qu'il rît autant, et je me serais fait brûler vive plutôt que de l'admettre, mais je cherchais dans son rire un fond de désespoir ou de vieille dépression. C'est marrant, me suis-je dit en constatant que chaque fois qu'une de nos conversations sur un sujet se terminait, j'avais une autre question à lui poser. Moi qui répugnais à parler aux autres ici, longeant les murs de l'école et fixant le sol de la classe pour ne jamais être interrogée, rejoignant Victor à toutes les récrés sans vraiment me soucier du reste (on survit comme on peut), je découvrais avec Robin qu'un être humain s'ouvre facilement si l'on s'y prend correctement. La bienveillance qui émanait de son regard. Enfin, un ami, me suis-je dit en baissant la garde. Plusieurs fois je me suis demandé s'il n'avait pas quelque chose derrière la tête, mais il n'en avait pas l'air – ou s'il y a pensé, il était trop timide pour tenter quoi que ce soit, et tant mieux. Il restait silencieux lorsque je ne parlais pas, habillé tout en noir, parka noire, jogging noir mais d'un noir délavé, chaussures de marche, sa main attrapant une chips dans le petit paquet qu'il avait acheté au distributeur automatique, son genou percutant parfois le mien, sans le faire exprès. Il était fils unique – je n'ai pas relevé. Il m'a parlé de sa mère, directrice de crèche, j'ai parlé de ma mère, et quand j'ai évoqué très rapidement ma date d'anniversaire, il a eu un temps d'arrêt, m'a prise par les épaules et m'a regardée fixement : « C'est marrant, je suis né le même jour. » Un air ravi dans la nuit. Plus tard, il a acheté une bouteille de Coca en verre au distributeur et, comme nous n'avions pas de décapsuleur, l'a ouverte en la fracassant sur un banc dans une grande gerbe blanche. Nous sommes restés dehors deux ou trois heures, je ne sais plus, à traîner dans les rues d'Escamadur. Il se tenait les joues. Au moment de nous dire au revoir, un peu avant vingt heures, devant la gare, il a baissé les yeux et m'a remerciée. Je n'ai rien répondu. Ma mère allait me tuer.

8

Je suis arrivée en courant dans l'entrée et suis tombée nez à nez avec Manili dans le vestibule, à côté de ma mère et de Charles, dont l'air abattu et pris en faute m'a effrayée. D'un même mouvement, ils ont tourné la tête vers moi quand j'ai poussé la porte, les cheveux trempés parce qu'il s'était mis à pleuvoir sur le trajet du retour, et vu le silence glacial qui a suivi mon arrivée, j'ai rapidement compris de quoi il s'agissait. Ma mère a marmonné quelque chose d'une voix rauque et la conversation entre eux trois n'a repris que lorsque j'ai atteint le palier de notre chambre.

« Hé. » (C'était Victor, une main sur mon bras, la voix étranglée.)

Il portait son unique chemise, repassée par ma mère, et un jean un peu trop raide qui laissait voir ses chaussettes Waikiki bleu marine.

« C'est la guerre ? » ai-je demandé d'un mouvement de la tête en direction de la cuisine.

Il n'a rien répondu, mais a descendu quelques marches discrètement, juste assez pour suivre la scène des yeux.

Il avait l'air préoccupé et fixait le couloir autour de nous, de ce regard peureux qu'il avait emprunté à Lakushka. J'ai haussé les épaules.

« Manili. Il est là pour quoi ? »

Il m'a regardée comme si j'étais idiote.

« À ton avis. Il sait tout, pour la voiture. Il est furax », m'a-t-il dit en me prenant par la main et en m'entraînant dans la chambre.

Une fois la porte fermée, il a poursuivi en haussant légèrement le ton, et c'est par ce détail que j'ai compris son angoisse :

« Charles n'a rien voulu lâcher sur nous. Manili sait qu'il n'était pas tout seul. »

Je me suis assise sur ma couette jaune.

« Manili va appeler les flics ? »

Victor a soupiré.

« Aucune idée. Quel con. (Il a marqué un temps, a cherché un stylo dans sa trousse puis l'a reposé.) Je n'ai jamais vu Maman comme ça. »

Il m'a regardée fixement depuis sa chaise de bureau.

« C'est Robin qui a tout balancé ? »

Je suis restée silencieuse un instant avant de répondre :

« Impossible. J'étais avec lui presque toute la journée. »

Il a eu une moue perplexe.

« Quoi qu'il en soit, on n'en saura rien, mais quelqu'un a dû dire quelque chose. »

Nous sommes restés là toute la soirée jusqu'à ce que la porte d'entrée claque, vers dix heures du soir.

« Il est parti », m'a lancé Victor, les yeux levés par-dessus son livre.

Puis les hurlements de ma mère sur Charles – des

hurlements de rage, jusque tard dans la nuit – ont retenti dans la cuisine. C'est à partir de ce soir-là, ou peu de temps après, que Charles a changé.

Le vacarme a laissé place à un long silence. Victor a éteint la lumière et j'étais en train de conseiller à Robin, dans mon rêve, d'adopter un chien – un chien qui finissait par le déchiqueter et le laisser pour mort – lorsque des pas lourds ont résonné dans l'escalier. La porte de notre chambre s'est ouverte brutalement sur le visage en furie de ma mère, elle nous a jeté un regard rageur et a pointé du doigt la pièce :

« Rangez tout. »

Victor et moi avons émergé de nos couvertures en échangeant un regard interloqué.

« Rangez tout. On part. »

Elle est entrée d'un pas vacillant, s'est cognée contre mon lit et s'est mise à jeter pêle-mêle dans un sac les cahiers en vrac par terre, mes pantoufles et mon pyjama. Je ne comprenais rien. Victor a sauté sur ses pieds et je l'ai imité, et dans un brouillard chaotique, nos valises ont été terminées en une heure à peine. Peut-être allions-nous rentrer chez Lakushka. C'est ce que j'espérais, sans oser le dire. D'un coup d'œil, j'ai vérifié que Victor non plus n'était pas triste de s'en aller. Malgré le bruit des livres qui s'écrasaient au fond des sacs et le fait que nous faisions tout pour ne pas croiser le regard furieux de ma mère, il arborait un air lumineux et éberlué, celui des gens que l'on rencontre par hasard en pleine nuit, ivres et échevelés, des gens que l'on n'a pas vus depuis dix ans et contre lesquels on se cogne dans les rues d'une ville étrangère.

En croisant mon reflet dans le miroir collé au mur, j'ai eu une pensée pour Brigitte Bardot, l'amie de Charles. Peut-être qu'elle lui manquerait.

Lorsque tout a été plié (trois sacs à peine), ma mère a levé la tête d'un air satisfait puis a descendu l'escalier d'un air souverain. Ses cheveux, attachés en deux nattes qui semblaient incrustées à la base de son crâne, étaient immobiles malgré ses mouvements amples. Et le rouge de son pull-over donnait à ce couloir triste des allures de carnaval. Dans l'entrée, Charles, pâle, les yeux écarquillés, une valise à ses pieds, l'a regardée passer comme s'il ne l'avait jamais vue. La porte a claqué. Il a tourné la tête vers nous, si furieux que j'ai encore une fois pensé à Brigitte Bardot. Lui, ici, avait tissé des liens.

« En pleine nuit, a balbutié Charles depuis le fond du couloir. Comme chez les fous. »

Victor et moi pouffions nerveusement mais Charles ne riait pas et plissait le nez avec dégoût.

« Comme chez les fous. »

Puis, parce que nous ne nous calmions pas, il nous a tiré la langue, l'air ridicule. Ma mère a chargé la Renault dans la nuit noire, éclairée par le faisceau jaune électrique du garage où dansaient quelques insectes. Toucher du doigt la raison pour laquelle elle avait souhaité partir était facile. On aurait pu évoquer la conduite de Charles tout autant que notre incapacité honteuse, à Victor, à elle, comme à moi, à nous adapter à Escamadur, à ses petites rues où tout le monde se saluait et à son atroce lumière blanche striée de pluie continue. Mais nous savions qu'il n'y avait pas que ça. Derrière ces fuites, derrière ces déménagements se cachait un besoin simple, net, celui de contourner la mort. Déjouer le destin, ne pas s'ancrer pour que, surtout, rien de ce qui s'était produit ne recommence. Pas de racines, pas d'attaches, pas de drames. J'avais sur les lèvres ce proverbe stupide : « Pierre qui roule n'amasse pas mousse. » Et alors ? Je n'en avais rien à foutre de la mousse. « Parce que, aurait dit Victor si je lui avais demandé son avis, un doigt sur le menton et les yeux rivés sur la route, tu comprends, c'est ainsi que l'on évite de faire basculer complètement notre père dans la mort. » Et c'était vrai. Il y avait eu quelque chose de définitif dans ce drame qui nous avait marqués au fer rouge, et comme les chats, en état d'alerte constante, nous craignions toute proximité avec la réalité, avec les petits quotidiens où chaque geste est connu et millimétré. Parce que c'est dans cet engourdissement, dans cette brèche particulière de la vie que se glissent sans que l'on s'en aperçoive des voiles qui se déchirent, des drames dont on garde à jamais l'empreinte et qui nous laissent à vif. C'est là que les morts meurent pour toujours. « Après tout, aurait continué Victor, après tout, Brigitte Bardot est peut-être tout autant responsable de notre déménagement que le reste. »

Pour l'heure, Victor avait le regard incrédule et émerveillé d'un enfant à qui l'on a autorisé un verre de whisky. Ma mère a démarré la voiture d'un geste rageur. Le coffre contenait toute notre vie, les anciennes couvertures en cachemire de la rue Chauvelot, les coussins marocains, nos livres et le sac de boxe de Charles. Dehors, le chien du voisin n'aboyait pas et la nuit était noire, les deux phares jaunes de la voiture traçant un feu pâle sur la maison que nous quittions. Nous n'avons même pas pris le temps de regarder la maison une dernière fois ; nous n'y laissions rien. Mais au bout de la rue, Charles a fait un drôle de signe, une sorte d'au revoir militaire avec les deux doigts touchant sa tempe comme le bout d'un revolver, et j'ai trouvé ce signe bien plus violent que notre départ. Lorsque la voiture a atteint les premiers champs pelés qui entouraient le village, nous savions que la fuite, avec son odeur de neige fraîche, s'accrochait à nous. Ensuite, impossible de s'en défaire.

C'est seulement lorsque l'aube a commencé à pointer, grise et presque bleue, que j'ai pris mon courage à deux mains et lancé d'une traite :

« On va où ? »

Parce que personne n'en savait rien. Victor a grogné. Ma mère a continué à fixer la route sans nous regarder, mais sa voix avait quelque chose d'aimable lorsqu'elle a répondu :

« Je ne sais pas. Peut-être en Bretagne.

— En Bretagne, a fait Charles. Mais c'est affreux, la Bretagne. »

Face à nos mines déconfites, ma mère a haussé les épaules :

« En fait, il était prévu que l'on déménage en Bretagne dans quelques semaines. J'ai juste décidé de partir plus tôt.

— C'est agréable que tu nous tiennes toujours au courant de ce qui va se passer dans nos vies, ai-je dit.

— Nous ne sommes pas une quantité négligeable, a glapi Victor en écartant les cheveux de ses yeux. Et il pleut tout le temps, en Bretagne.

— Le seul problème, a-t-elle continué d'un air vague sans paraître nous entendre, c'est l'école... J'aurais peut-être dû les prévenir. »

Victor a éclaté d'un rire très franc, très rauque, mais Charles avait décidé de faire la gueule – probablement une question d'hormones, car, comme on nous l'avait bassiné en cours de science naturelles, l'adolescence n'était qu'un tourbillon d'hormones et de glandes. Plus personne n'a parlé jusqu'à ce que le ciel prenne une teinte grandiose, or et rose. Et plus la route filait, plus l'atmosphère était exécrable. Le lever du soleil s'étendait sur les plaines, et pendant que des flots de poudre d'or se déversaient dans la R5 – la R5 orange fluo de ma mère, hideuse, qu'elle avait achetée lors de notre emménagement – et tout ce que nous y avions accumulé depuis que nous roulions avec (des pulls roulés en boule sur les sièges, des miettes de BN coincées entre les réceptacles de ceintures, un tapis vert en diagonale dans le coffre et même un crucifix avec une tête de Frida Kahlo que Victor avait un jour accroché au rétroviseur et que ma mère avait accepté avec un haussement de sourcils perplexe ; le tout dans cette odeur de tabac et de renfermé), ma mère avait rageusement allumé Radio Trafic, la pire station. Charles s'était tourné en boule du côté de la fenêtre, sur le siège avant, faisant semblant de dormir malgré la lumière aveuglante, et j'essayais de lire bien que la lecture en voiture m'ait toujours donné envie de vomir. À la radio, une femme robotique s'attardait sur la météo locale (« Des averses et des orages éclateront dans la nuit au sud de la Garonne et… ») lorsque Victor, qui jouait aux échecs en commentant ses actions à voix basse, a demandé que l'on s'arrête. Ma mère a soupiré puis, devant l'insistance de mon frère, a fini par rouler le plus vite possible jusqu'à la prochaine aire d'autoroute, pendant que Victor gardait les jambes croisées, le regard affolé. C'était une aire déserte, une oasis de graviers au milieu des champs de tournesols, où l'on avait posé au milieu d'un parking flambant neuf une cabine de toilettes en plastique, un distributeur automatique de café éclairé aux néons sous un auvent en tôle, et l'indétrônable table en teck des aires d'autoroute françaises. Je suis sortie de la voiture en m'étirant. Charles a ouvert sa portière, le cul toujours sur son siège, une jambe sur la fenêtre, l'autre pleine des miettes de tabac de la cigarette qu'il roulait. Je faisais les cent pas pendant que ma mère bâillait, lorsque j'ai vu filer derrière elle la petite silhouette maigre de Victor, le pantalon aux chevilles, une main sur l'entrejambe. Il s'est jeté dans le champ de tournesols cramés, en amont du parking.

« Qu'est-ce que… »

À dix mètres de la bordure du champ, les fesses blanches sont restées immobiles tandis que seule sa tête se tournait vers moi :

« C'est trop dégueu. C'est vraiment trop dégueu là-dedans. »

Victor victorieux, comme l'appelait ma mère quand il rapportait un excellent carnet de notes, pissait au milieu des tournesols fanés. Même le visage de ma mère, malgré son envie flagrante d'avoir l'air sérieuse, s'est détendu un peu. Elle a secoué la tête. J'ai senti en moi assez d'audace pour répéter :

« On va où, alors ? »

Victor faisait maintenant zigzaguer son jet de pisse de gauche à droite puis de haut en bas, face au soleil qui balbutiait. Charles et moi avons ri.

« Quelque part en Bretagne, a-t-elle répondu. Mais si vous insistez, on peut retourner à Escamadur... »

Elle avait prononcé cette phrase machinalement, sans y croire. Le jour se levait.

« Oh non », avons-nous dit en chœur, Charles et moi.

Les bannières réfléchissantes du sweat-shirt Fila de Charles renvoyaient une lumière surnaturelle, le blanc presque bleu des squelettes de fêtes foraines. J'ai compris cette nuit-là que Brigitte Bardot n'avait pas eu beaucoup d'importance pour Charles. C'est aussi cette nuit-là que j'ai appris qu'on ne peut rien conclure au sujet des autres, qu'ils nous surprendront toujours, que nous ne les connaîtrons jamais. Vous vous réveillez un matin, et ils sont de bonne humeur ; un autre matin, ils sont partis pour toujours.

« Rien de tel », a dit Victor d'un air satisfait en nous rejoignant sur le parking.

Ma mère lui a tendu un mouchoir (il avait toujours été très maniaque, bien davantage que moi). Elle s'est ensuite approchée de la machine à café sous le ciel qui se colorait d'un rose-gris, sa veste noire tapant contre ses jambes, et a attendu, les bras croisés, que le café coule dans son gobelet en plastique. J'ai farfouillé dans mes poches parce que j'avais envie d'un chocolat chaud, puis j'ai abandonné. Sous la lumière du réverbère, des moustiques et des mouches semblaient se battre pour zébrer l'air. Je me suis glissée à côté de ma mère, face à la R5, devant laquelle Victor sautait en l'air pendant que Charles fumait en regardant les voitures défiler à toute allure, un peu plus bas. J'avais toujours aimé les aires d'autoroute.

« J'ai toujours aimé les aires d'autoroute, a déclaré ma mère d'un ton clair.

— Génial, a dit Victor en glissant un doigt sous ses lunettes pour se pincer l'arête du nez. Maintenant on va vivre sur une aire d'autoroute.

— Coincés à côté de la machine à café », ai-je ajouté.

Dans le reflet mat de celle-ci, mes longs cheveux décoiffés voletaient, électriques.

« Regardez ! » a crié Charles.

Il avait le regard fixé sur un point derrière nous.

« Sincèrement, ai-je lancé à ma mère, qui buvait son café en ignorant Charles. Comment tu peux aimer les aires d'autoroute ?

— C'est décontracté.

— Regardez, regardez, a répété Charles, surexcité. C'est incroyable. Victor ! Regarde ! Mais regarde, bon sang ! »

Avec lenteur et contrariété, parce que je ne voulais pas lui donner d'importance, j'ai tourné la tête pour voir ce que Charles fixait. Une tache brune dans l'herbe pelée. C'était un marcassin aux yeux orange, derrière le distributeur automatique. Il était maigre et avait l'air apeuré, à tel point que son ventre touchait presque le bord du trottoir.

« C'est un sanglier, a dit Victor.

— Pas du tout, ai-je répliqué. C'est un marcassin. Et il a pas mangé depuis des siècles.

— Tu n'as jamais vu de marcassin, a-t-il rétorqué, vexé parce que j'avais raison. De ta vie entière, tu n'en as jamais vu. »

Ma mère a conclu d'un air sinistre :

« On dirait qu'il va nous mordre. »

À la lumière de la machine à café, ses yeux avaient pris une teinte jaune. Le même jaune reflété par le réverbère dans ses cheveux bruns, sur l'arête de son nez, où je voyais que la peau se marquait de plus en plus, parce que ma mère vieillissait. Un jour elle va mourir, ai-je pensé brièvement, avant de me raviser car, vraiment, ma mère n'était pas quelqu'un qui pouvait mourir.

«Tu peux m'expliquer..., a commencé Charles.

— Il paraît que ça a la peste, les sangliers, a coupé ma mère.

— Tu peux m'expliquer ce qu'on va faire à déménager encore et encore?» a continué Charles d'un ton plaintif tandis que Victor et moi grognions quelque chose à propos de la peste, et tendions nos mains vers le marcassin.

Ma mère s'est laissée tomber sur le bout du trottoir, et, à quelques mètres, le marcassin l'a regardée avec curiosité. Les lampadaires s'étaient teintés d'une lumière verdâtre.

«Ce n'est que la deuxième fois, a protesté ma mère.

— On ne va pas pouvoir avoir un métier normal si on continue à déménager tout le temps, a insisté Charles en donnant des petits coups avec ses baskets contre le bord du trottoir.

— C'est pas grave, a répondu Victor d'un air serein en étendant ses petites jambes. On élèvera le marcassin, on le montrera en spectacle, on gagnera de l'argent.»

Ma mère a ri. Nous avons continué à bavarder comme ça en regardant de temps en temps le marcassin qui ne bougeait pas. Il nous fixait d'un regard à la fois perçant et peureux. Je ne m'étais pas sentie aussi bien depuis longtemps. Ma mère lui tendait parfois son gobelet, comme si elle lui proposait du café. Il était d'une couleur passée, d'un roux qui tirait sur le brun fade. Lorsqu'il s'est éloigné près de l'entrée de l'autoroute, là où quelqu'un avait cru judicieux de placer les toilettes, je l'ai suivi, mais Victor est étrangement resté à côté de ma mère, évitant les invitations à me rejoindre d'un air buté. Les toilettes se trouvaient à l'intérieur d'un tas de béton, dont les parois se tordaient comme des algues vers le ciel. Le marcassin a reniflé des déchets (gobelets McDonald's, peaux de bananes brunes) près de la porte puis, en une seconde, a disparu de mon champ de vision. Les haut-parleurs grésillaient une chanson pop et vigoureuse, incongrue dans cette ambiance désolée. Une voix sexy qui criait : « Lola, Lola, j'ai le cœur qui fait boum, et les cheveux longs. » Je me suis dit qu'on pourrait appeler le marcassin Lola. Il n'était pas près de l'autoroute, il n'était pas non plus derrière les toilettes. Où était-il ? Sans savoir pourquoi, j'ai poussé doucement la porte blanche et me suis retrouvée face à un carrelage gris et sale. La lumière du jour ne semblait pas pénétrer à l'intérieur du bâtiment et je ne les ai pas remarqués tout de suite, mais j'ai senti une atmosphère étrange, une odeur de SDF et de vieux relents d'urine. Un râle, quelques mètres plus loin. Terrifiée, j'ai tourné la tête et aperçu une masse sombre remuer au fond du couloir. Étrangement, ce n'étaient pas des néons au plafond mais des lampes flambeaux en plastique accrochées aux murs qui éclairaient mal la pièce, jetant une ombre de plusieurs mètres entre nous. Si je bougeais, une lumière automatique finirait par se déclencher et je ne voulais surtout pas que cela arrive. J'ai fixé la forme indéfinie. Un sac de couchage, deux corps emmêlés, et une paire d'yeux noirs vitreux qui me regardaient sans paraître me voir. Comment peut-on dormir là-dedans ? me suis-je demandé, le cœur battant. C'étaient un homme et une femme, d'apparence plutôt jeune – je voyais sortir du sac rouge leurs cheveux jaune pâle, d'un blond sale, leurs bras maigres et encore vigoureux, même si leur peau d'un gris plastique me rappelait les junkies près du square, rue Chauvelot. Les yeux noirs, presque bleutés, appartenaient à l'homme, cheveux mi-longs et tatouages en cyrillique dépassant de son marcel noir ; ceux de la fille, avachie sur son torse, étaient fermés. Avec lenteur, il s'est écarté, a tâtonné longuement dans le sac de couchage et en a sorti une petite boîte, qu'il a posée en équilibre sur son corps. J'ai retenu ma respiration. Il a plongé un doigt dans la boîte, l'a ressorti maculé de blanc et s'est approché du nez de la fille. J'ai failli tourner la tête par réflexe lorsque sa main a glissé jusqu'à sa bouche, a entrouvert ses lèvres, découvert ses dents et, d'un geste assuré, malgré le gémissement qu'avait mollement poussé la fille, a caressé du doigt ses gencives. Elle a émis un râle de joie et ses yeux se sont entrouverts : blanc rougeâtre, larges iris de chat.

J'ai fui jusqu'au petit trottoir où j'avais laissé mes frères et ma mère. Une fois à leur hauteur, le souffle court, j'ai fait les gros yeux à Victor et j'ai chuchoté :

« Tu les as vus ? Les gens dans les toilettes... »

Ses yeux noirs se sont teintés d'un air espiègle. Tout à coup, il ressemblait à cette actrice, Louise Brooks, cette brune provocante des films muets que Lakushka nous forçait à regarder alors que tout le monde bâillait d'ennui. Il s'est tourné vers Charles comme si ce que je disais ne l'intéressait pas vraiment (un couple à moitié nu ! de la drogue ! voyons, Victor !), puis il a hoché la tête avec impatience :

« Oh oui, m'a-t-il dit sèchement, très vite. Je les ai vus.

— Ils t'ont embêté ? »

Mais il n'a pas répondu, a rentré le menton et fixé ma mère et Charles, qui discutaient. C'est à cet instant que ma mère a assené :

« D'autant plus que c'est exactement pour cette raison que votre père s'est tué. Exactement pour cette raison. »

Elle parlait à Charles, debout face à elle. La phrase a résonné contre le béton. J'ai regardé par terre en oubliant tout à coup le couple, la poudre et ces horribles yeux de chat. Victor a posé le bout des doigts sur mon bras, comme pour m'inciter au silence.

« Pour quelle raison ? a répété la voix calme et lente de Charles. Pour quelle raison s'est-il tué ?

— Eh bien, a dit ma mère très simplement en se levant du trottoir, c'est ce que je viens de te dire : parce qu'il devait de l'argent à ce type. À ce Lucien Lanvin. »

Ma mère a épousseté son pantalon avec un soupir las.

« Tu étais au courant, non ? Le fournisseur du magasin, tu sais bien.

— Non, a dit Charles en croisant mon regard et en se composant aussitôt un air impassible, dégagé. Non, je n'étais pas spécialement au courant. »

J'étais presque certaine qu'il mentait mais je n'ai rien dit. Ni Victor ni moi n'osions bouger. Ma mère s'est frictionné les bras, comme si elle avait froid.

« Tu sauras, a-t-elle dit en avalant son café d'une traite et en jetant le gobelet à la poubelle, tu sauras que ce type, ce Lanvin, continue son chantage avec moi. Il veut son argent, bien sûr. C'est normal.

— C'était pour ça, l'île ? a demandé Charles en se grattant la joue. Puis les déménagements, encore...

— Hmm », a répondu ma mère en hochant la tête.

Charles a laissé échapper un petit rire nerveux.

« Alors ne te plains pas trop, a décrété ma mère. Et ne fais pas n'importe quoi. »

Elle a tendu le bras vers moi et, sans ménagement, a entrepris de lisser mes cheveux électriques sur le haut de mon crâne. Puis elle a passé une main devant ses yeux d'un geste fatigué, et j'ai cru un instant qu'elle respirait sa propre odeur, mais le réverbère l'a éclairée et j'ai vu qu'elle essuyait une larme.

« Tout ça, c'est une longue histoire... », a-t-elle dit.

J'ai pensé qu'un jour je connaîtrais cette histoire, parce qu'il me semblait évident que la vie de mes parents, une fois que je serais devenue adulte, me serait limpide. Je me trompais, et les gens meurent avec des mystères qui ne sont jamais dévoilés.

« Une longue histoire », a-t-elle répété.

Comme un flash, au bord de l'aire d'autoroute, j'ai vu la tête d'Anaïs rieuse, la langue retroussée pointant entre ses lèvres devant mon trouble, à La Réunion. Ma mère a jeté sa cigarette au loin et a lancé en se levant :

« Allez, ça suffit. Montez dans la voiture. »

Elle a ouvert la portière et nous a attendus, debout, une jambe déjà contre le volant.

« Mais, le sanglier ! s'est indigné Victor.

— Le marcassin », ai-je rectifié.

Ma mère nous a regardés avec perplexité. Elle avait

déjà oublié le marcassin. Charles a tapoté sa poche à la recherche de son paquet de tabac, puis a toussoté :

« Il est parti, tu vois bien. Et puis c'est trop dangereux. Ça devient énorme. Et ensuite (il a frappé du plat de la main dans le vide), ça te tue. »

Pourtant, pourtant, la noirceur contenue dans tout ce qui nous entourait, dans les villes comme dans l'âme humaine, dans n'importe quelle famille, dans n'importe quel train, cette noirceur que même les enfants recèlent me paraissait bien plus dangereuse que celle du marcassin. Elle se matérialisait enfin, à l'image d'une photographie s'imprimant sur la pellicule grâce à quelque chose d'invisible – la lumière passant au bon endroit. La chambre claire. Le monde perçu à travers une clairvoyance peut-être factice, comparable à celle que procure l'héroïne : mais quelle netteté. L'horizon pur comme le jour où des hyènes dévorent une antilope encore vivante. Ce n'était pas de la clairvoyance tardive, je n'étais pas naïve et je connaissais l'illégalité, je connaissais les secrets, la cruauté, la mort, mais j'imaginais désormais quantité de choses immondes qui m'entouraient depuis toujours et auxquelles je n'avais jamais prêté attention. Et ma mère, parmi tout cela. Tous ces appartements loués à prix d'or par des marchands de sommeil, qu'on remplissait de familles (des bébés, des mères enceintes, de jeunes mineurs), les poignées de main menaçantes des hommes lors de rendez-vous commerciaux ou bancaires, les sourires carnassiers des commerçants et des proxénètes, des dealers ou des politiciens de tous bords, les menaces et les meurtres – et bien sûr, la solitude que l'on pense irréversible. J'imaginais ma mère à la table de la cuisine, là où elle était chaque matin bien avant que je me lève, d'ailleurs est-ce qu'il lui arrivait de dormir ? Je ne l'ai jamais vue dormir. Je l'imaginais à la table de la cuisine devant un bol de café avec une cigarette, dans son peignoir blanc, en équilibre sur un tabouret, les yeux dans le vide, exactement comme je la trouvais le matin, mais toute la nuit, les phares des voitures circulant sur le boulevard se reflétant sur les murs, et elle, absolument imperturbable, insomniaque sans le dire, incapable d'aller dormir, ressassant des souvenirs à jamais hors de ma portée et dont elle ne parlait que brièvement pendant les longs trajets en voiture – une boum dans le garage d'un ami à l'époque du lycée, robes rouges vaporeuses et verres de sangria, et le matin où elle avait trouvé mon père mort. Et moi pendant ce temps, qu'est-ce que je faisais ? Pendant que ma mère menait sa vie de noctambule solitaire, tout à ses pensées, où avais-je la tête pour ne pas la regarder et m'apercevoir que c'était une personne à part entière, loin d'être uniquement ma mère, qu'elle avait aimé et détesté quantité de choses et de gens bien avant moi, et que même si j'avais passé neuf mois dans son ventre, tout cela me demeurerait à jamais inconnu, à l'instar de ces époux qui découvrent après quarante ans de mariage qu'ils ne connaissent rien de leur conjoint : tueur en série, gangster de haut vol, agent secret ou infidèle chronique. Tout était à présent si net.

« Ici, il est libre. Il est très heureux », a tranché ma mère à propos du marcassin.

Personne n'y a cru, mais nous sommes partis sans protester. Nous avons laissé là le couple de junkies et le petit sanglier perdu. J'ai pensé, avec la certitude d'une enfant de douze ans, qu'ils allaient tous mourir de solitude. Quand j'ai ouvert la vitre alors que nous entrions sur l'autoroute, l'air de l'aube s'est engouffré avec une telle violence que toutes les pièces du jeu d'échecs de Victor se sont éparpillées sur le siège arrière.

« On ne peut vraiment jamais, jamais, être tranquille dans cette famille », a-t-il maugréé, les joues rouges, les replaçant une à une d'un geste expert.

III

1

Quatre ans plus tard, mon premier jour de lycée venait de s'achever. Le soleil se couchait sur les jardins du Peyrou, à Montpellier, illuminant toute la rue jusqu'au portail de l'école. Sur le muret, Charles (qui chaussait désormais du 46) écrivait son numéro de téléphone sur une feuille de papier déchirée, qu'il m'a tendue dans la lumière dorée de fin d'après-midi. Je n'avais presque pas dormi la nuit précédente. Quelque chose s'était passé. Nous avions roulé une bonne partie de la soirée pour un énième déménagement – le vingtième, je crois. Nous quittions la Touraine pour Montpellier. Ces dernières années s'étaient résumées à ça : trois mois quelque part, puis déménagement en voiture. Charles avait redoublé sa terminale puis réussi son bac in extremis, mais ses petites activités illégales n'avaient plus rien de petit, et tout avait basculé du côté obscur quelques semaines auparavant à cause d'un appel des flics (conduite en état d'ivresse et sans permis), car ma mère avait dû engager une avocate. Charles s'était retrouvé avec un sursis gigantesque. Un an, me semblait-il, mais les détails de l'histoire ne m'étaient parvenus que par le biais de Victor, qui écoutait aux portes et n'entendait quasiment rien. Que la vie suive son cours ou non, la tradition était enclenchée et nous déménagions tous les trois mois. C'était ainsi, et je crois que cela m'allait. Ces dernières semaines, avant la rentrée, Victor et moi les avions passées le plus souvent enfermés dans notre chambre, sans parler, et si nous avions le malheur d'adresser la parole à Charles ou à ma mère, leur froideur et leur mauvaise humeur nous sautaient dessus jusqu'au soir – de petits détails, un dos qui s'arc-boute violemment lorsqu'on passe une main dessus. Mais il y avait quelque chose de bien plus cruel que je n'avais pas vu arriver. J'y repensais à présent comme un signe annonciateur auquel je n'avais pas assez prêté attention. Les soirs de cafard, quand Charles regardait la télévision le son coupé, les mâchoires serrées, sans nous demander ce que nous souhaitions voir, pendant que ma mère feuilletait des papiers en lâchant de gros soupirs, j'apercevais la silhouette de mon père en transparence sur le seuil de ma chambre, en train de scruter nonchalamment ses ongles, ou sur la banquette arrière de la R5, m'observant avec insistance comme si j'avais raté quelque chose, manqué un sujet important, sans que je n'arrive jamais à mettre le doigt dessus. Bizarrement, je l'imaginais toujours habillé de la même manière, de façon beaucoup plus classique – un pantalon en velours trop grand pour lui, des semelles en crêpe, une veste en cuir – que ses tenues ordinaires, du temps où il était encore vivant et portait des polos Lacoste achetés aux puces et des jeans taille haute. Le désordre qui émanait de lui de son vivant, son côté brouillon, sa façon de s'excuser pour son retard chaque matin et chaque soir ne transparaissaient pas dans ce que je voyais ces soirs-là, lorsqu'il était si près de moi que j'aurais pu le toucher, et je lui parlais alors mentalement, m'imaginant que nous étions restés proches à vie et qu'il aurait été fier de mes excellents résultats scolaires, de mes amis de longue date ou de tous ces trucs d'adolescente normale à la vie ordinaire – tout ce qui n'avait plus aucun intérêt pour moi depuis longtemps. Peut-être essayait-il de m'avertir du danger qui nous frôlait. Car ce jour-là, le jour de ma première rentrée au lycée, à Montpellier, Charles était venu me chercher devant l'école et m'avait annoncé, la voix hachée par l'angoisse, que Victor était parti. Il avait fugué.

2

La veille, nous étions arrivés tard après avoir roulé depuis Crotelles (« Indre-et-Loire, 37 », précisait la voix monotone de Victor, comme après chaque nom de ville ou de village). L'arrivée à Montpellier ne m'a laissé aucun souvenir marquant, si ce n'est celui du froid mordant de la nuit lorsque j'ai ouvert la portière. Nous étions pourtant au début du mois de septembre, dans le sud de la France. « Les nuits sont froides, ici », a dit ma mère en guise d'avertissement. L'immeuble où nous allions vivre se trouvait dans le quartier La Chamberte, et notre appartement était moderne. On nous avait assuré (le type de l'agence immobilière qui nous attendait depuis des heures, faisant les cent pas devant l'immeuble) qu'il y aurait assez d'eau chaude pour nous quatre et que le chauffage fonctionnerait en hiver. Ma mère a installé des matelas gonflables dans les chambres (un camion de déménagement suivait), nous a forcés à manger un cassoulet en boîte dégueulasse, puis je me suis écroulée sur le matelas bleu marine vers trois heures du matin. Une ou deux heures plus tard, je me suis réveillée en sursaut pour trouver au-dessus de moi

Victor et Charles qui hurlaient. Le jour se levait à peine, et la chambre était baignée de cette lumière bleutée que l'on voit souvent en ville, la nuit. Je me suis demandé si j'étais en train de rêver, me rendormant par à-coups, lorsqu'un nouveau braillement de Victor a retenti.

«Tu ne comprends RIEN. Tu es complètement con, Charles. Le plus con de tous les types que j'aie vu dans ma vie.»

J'ai cligné des yeux, parfaitement éveillée à présent. Victor vociférait, le visage rouge. Ils étaient tous les deux dressés, torse nu, au pied du lit, leurs silhouettes démesurément grandes au-dessus de ma tête. Je ne comprenais rien. Des «Ferme ta gueule» fusaient régulièrement d'un côté et de l'autre.

«C'est toi qui ne comprends rien, espèce de gros con. (Les yeux injectés de sang, Charles postillonnait en hurlant.) C'est trop compliqué. Tu ne connais rien à la vie.

— On doit aller le voir», criait Victor.

Je ne l'avais jamais vu comme ça, et c'était de loin le plus choquant dans cette scène. Il avait à peine douze ans, et pourtant les rugissements qui s'échappaient de sa bouche, la manière dont il retenait Charles d'une main et le poussait (ce que je n'aurais jamais osé, parce que Charles pouvait faire peur), tout cela additionné à la fureur qui déformait ses traits lui donnait l'air d'avoir dix ans de plus. Décuplée par la rage, la voix de Victor a pris un ton presque haut perché :

«Il continue, je te dis. Il continue !»

Au bout d'une minute ou deux, j'ai fini par comprendre qu'ils parlaient de Lanvin. J'ai poussé un grognement, et

Victor a tourné la tête vers moi. Yeux écarquillés, teint blanc rasé par la lumière de l'aube.

«Ta gueule!»

Je me suis levée sur un bras. C'est Charles qui l'avait interrompu, mais Victor a continué, plus fort encore:

«AH! (Il y avait de la folie dans les yeux de Victor.) Tu ne le savais pas, hein? Tu n'as pas vu ses factures.»

Charles n'a rien répondu. Victor lui a tourné le dos, a donné un grand coup de pied dans son matelas et a continué à fixer le mur d'un air buté. J'ai toussé pour m'éclaircir la voix:

«Il se passe quoi?»

Victor m'a jeté un regard furieux, comme si le fait que je parle était plus grave encore que la fureur dans laquelle l'avait poussé Charles. Puis il nous a fait signe de regarder par le balcon, a enfilé son manteau. Avant de sortir de la chambre, il a pris une cigarette du paquet que Charles avait laissé sur le rebord de la fenêtre, bien qu'il ne fume pas. Je me suis péniblement levée sur le matelas instable au moment même où j'ai entendu la porte d'entrée claquer. Charles est sorti torse nu sur le balcon et je l'ai suivi, pieds nus. D'un même mouvement, nous nous sommes penchés par-dessus la balustrade métallique. Il faisait si froid que de la buée sortait de ma bouche. En bas, sous l'un des réverbères, Victor a ouvert la R5 de ma mère, fouillant dans la boîte à gants parmi les amendes impayées et les tickets de parking, une écharpe écossaise autour du cou, cigarette à la bouche, concentré et sérieux. Puis, toujours calme, il a déplié ses jambes dans le petit matin glacé, plusieurs enveloppes à la main, et a marché à grandes enjambées vers l'intérieur de l'immeuble, de vastes traînées de buée flottant dans son sillage. Là, seulement, il les a ouvertes devant nous.

« Je les connais par cœur. (Un coup d'œil en diagonale.) Toutes les factures qu'on n'a jamais payées à Lanvin. Et qu'il lui envoie, lui renvoie, au moment où il trouve notre nouvelle adresse. »

Au fur et à mesure, il jetait les lettres sur mon matelas, d'un geste machinal, comme si elles lui faisaient mal. Il devait y avoir une cinquantaine de feuilles, lettres et factures, factures et lettres sur du papier blanc surfin, cornées ou tellement pliées et repliées que l'encre s'effaçait par endroits. Charles s'est assis au milieu et, de loin, il avait l'air d'un amoureux éconduit parmi des lettres de rupture. Malgré ma réticence à m'approcher, je ne pouvais m'empêcher de fixer les feuilles et d'entrapercevoir des sommes qui me donnaient froid dans le dos.

« Quel rat », ai-je articulé en pensant à Lanvin.

Sur le visage de Charles, la fureur qui l'habitait quelques minutes auparavant avait disparu. Il semblait au contraire vidé. Il a levé la tête, a balbutié :

« Oui, mais le courrier le plus ancien date de trois mois. Trois mois, Victor. Il a arrêté depuis trois mois. »

J'ai inspiré l'air vicié :

« Comment il a fait ? »

Charles a passé une main devant ses yeux.

« Pour nous retrouver, je veux dire », ai-je insisté.

Victor a eu un rire mauvais :

« Déménager trois fois par an n'efface ni nos noms, ni notre trace. »

Il y a eu un silence puis Victor a repris :

« On va aller le voir. On a son adresse. Sur les factures.

— Non, a coupé Charles. Il faut être prêts, a-t-il continué en interrompant notre frère, qui essayait de protester. Et on ne l'est pas.

— Mais quand ?

— Je n'en sais rien, Victor. »

Victor a marqué une pause. Il s'est assis sur son matelas. Charles et lui ont échangé un regard. Il portait toujours l'écharpe écossaise et son manteau noir par-dessus son pyjama. Puis ils m'ont regardée, pieds nus sur le sol froid, comme s'ils prenaient enfin conscience de ma présence.

« C'est un miracle que Maman ne vous ait pas entendus », ai-je protesté pour dire quelque chose, parce que je sentais bien que j'étais complètement inutile. Mais ils n'y ont accordé aucune importance.

« Très bien », a articulé Victor en pinçant les lèvres, presque à contrecœur.

Je savais qu'il allait changer de sujet. Il a hoché la tête, puis a examiné sa main et a grimacé.

« Je me suis coupé avec une lettre », a-t-il gémi en suçant son doigt.

Je suis restée un long moment, jusqu'au lever, allongée sur le matelas gonflable et je savais que mes frères ne dormaient pas car nos respirations n'avaient rien de régulier. Au réveil, devant le paquet de corn-flakes que ma mère avait sorti pour le petit-déjeuner, personne n'a mentionné la dispute.

« La classe la plus compliquée, ce sera la troisième, expliquait Victor à ma mère. C'est là que le niveau change. Les choses se corsent, tu vois. Latin, grec ancien, etc. Cette année, ça va être vraiment simple. »

Il parlait la bouche pleine et très vite, comme s'il craignait qu'elle ne l'écoute pas vraiment.

« Charles, l'a interrompu ma mère, se tournant vers lui. Charles. »

Il a levé la tête de son bol, le regard inexpressif. Il ne s'était pas rasé depuis plusieurs jours, ses joues avaient pris une teinte grise, presque bleu pâle. En caleçon et pieds nus, il s'est gratté le cou en lui rétorquant, les yeux au ciel :

« Je sais, Maman, je sais. Mes chaussettes.

— Oui », a-t-elle reconnu, l'air coupable. À Victor et moi : « Dépêchez-vous. Toi, tu te concentres. »

De nouveau à l'intention de Charles, l'air grave :

« Tu vas distribuer des CV aujourd'hui », lui a-t-elle assené alors que Victor et moi prenions nos sacs dans l'entrée – moquette épaisse, papier peint jaune pâle.

Après avoir eu son bac à l'oral (il avait fallu des soirées entières durant lesquelles Victor lui faisait réciter des phrases par cœur en tenant des fiches bristol au-dessus de sa tête), Charles avait refusé de s'inscrire à la fac, en BTS ou dans quoi que ce soit. « Travailler », répétait-il en haussant les épaules, à Lakushka et à ma mère qui passaient leur temps à lui demander ce qu'il allait faire. Il a soupiré en regardant ma mère, les mains sur les joues comme le type dans le tableau de Munch, puis a soupiré un long « Oui » en insistant sur le i. Je suis partie seule, mes écouteurs dans les oreilles, sans même un regard pour Victor qui s'éloignait. Une nouvelle école nous attendait mais, aussi étrange que cela puisse paraître pour qui m'avait connue enfant (une enfant timide et bizarre, aussi éloignée que possible de la sociabilité et qui passait la plupart de ses récréations seule dans un coin à parler au chien du jardin d'à côté ou à je ne sais qui), les rentrées ne me faisaient plus peur. J'en étais à la vingtième en tant que nouvelle, et je débarquais généralement en plein milieu d'année, parfois même en pleine semaine. Bien sûr, les quelques secondes avant de franchir pour la première fois le portail d'un nouvel établissement étaient stressantes, mais j'avais fini par savoir comment réagir. J'avais l'habitude d'être l'attraction un jour ou deux, je connaissais déjà l'effet du groupe sur moi, les vibrations que dégageraient les autres et même ce qu'ils projetaient sur la petite nouvelle.

*

Victor avait fugué. Plantée là, sur le trottoir au milieu des élèves qui riaient en se disant au revoir, la douleur dans ma poitrine s'est faite si intense que je n'ai plus rien entendu.

« C'est à cause d'hier soir ? »

Grimace fugitive de Charles qui s'est envolée au moment où je croyais qu'il allait répondre – mais il n'a pas répondu. J'ai eu envie de le mordre. Victor était si petit et nous l'avions embarqué, tous, dans une histoire sordide. Il n'aurait jamais dû entendre parler des dettes, de Lanvin, de nos projets absurdes. Certes, il était intelligent et mature, et ses gestes le vieillissaient souvent (des gestes qu'il avait piqués à mon père alors qu'il l'avait peu connu) ; mais ce n'était même pas un adolescent. Surtout, au-delà de l'angoisse et de la stupeur, et des dix millions de questions qui me traversaient l'esprit, je sentais en moi une incompréhension tenace, proche de la rancune. Il m'avait laissée là. Victor était mon seul allié. Charles vivait depuis longtemps sa propre vie, indépendante et mystérieuse, parallèle à la nôtre, quotidienne et banale. J'avais cru que, comme moi, Victor chercherait à épargner ma mère, mais par-dessus tout – c'était le plus douloureux car je réalisais l'ampleur de ma stupidité – j'avais cru que l'existence s'éterniserait dans cette configuration-là. Nos jeux ridicules, nos blagues débiles et nos fous rires proches de la démence, pendant que ma mère menait sa vie dans une pièce voisine et que Charles partait ou revenait, rentrait ou sortait, toujours pressé, toujours stressé. Une vie entière à ses côtés.

«Il est parti avec mon téléphone, a repris mon frère.

— Ah. Bizarre, ai-je marmonné distraitement parce que son téléphone m'importait peu.

— C'est toi qui dois l'appeler.

— Moi?»

Je l'ai fixé, incrédule.

«C'est à la police de faire ça.

— Maman a déjà prévenu la police. Ils ont essayé d'appeler sur le portable, mais tu t'imagines bien qu'il ne répond pas. Il l'a même éteint. *Mon* téléphone. Mais si tu l'appelles, toi…»

Il a marqué une pause, a regardé derrière lui comme si ce qu'il allait dire était confidentiel, puis a baissé la voix et m'a jeté un regard sombre:

«Si tu lui parles, il y a peut-être une chance qu'il revienne.»

Des lycéens à sac à dos Eastpak se disaient au revoir en riant avant de s'éloigner vers leurs arrêts de bus respectifs.

Le soleil écrasait l'avenue Foch et les silhouettes des élèves. La fille assise à côté de moi pour cette première journée, Chloé, avec qui j'avais sympathisé, m'a adressé un bref signe de la main avant de rejoindre son arrêt, et je suis restée un long moment debout à côté de Charles, dans la lumière dorée, à me demander quel secret dégueulasse, quel harcèlement ou quel cadavre cachait chaque silhouette qui nous dépassait.

3

Car nous avions décidé de le tuer. Lanvin. Je ne sais plus lequel de nous trois l'avait dit en premier, mais un jour le projet était devenu évident. Ma mère n'était pas au courant, bien sûr. Et depuis quatre ans, l'idée permettait de tenir dans des moments rares mais affreux, quand Charles surprenait ma mère en train de pleurer dans la salle de bains, quand Victor barrait la case « Profession du père » dans les questionnaires pour nouveaux élèves des différentes écoles. Le tuer, le tuer.

Bien sûr, nous ne savions pas comment nous y prendre. Charles énonçait régulièrement des idées merdiques : payer un type de la mafia serbe, acheter un flingue dans une cité pas loin, lui envoyer une bombe artisanale. Et à part ne pas oser lui rétorquer que personne ne vendrait un flingue à trois mineurs, ou que nous n'avions aucune idée sur la façon de contacter une quelconque mafia (j'essayais pourtant, le soir dans mon lit, de me connecter à l'âme des Corleone, mes plus grandes idoles de fiction sur cette planète), ou que nous finirions nos jours sous les verrous si nous suivions ses plans, à part ne pas oser lui rétorquer tout ça puisque Charles se vexait dès qu'on soulignait qu'il était en train de raconter une connerie, je n'avais pas non plus d'idées. C'était frustrant, hors de notre portée, et pourtant je sentais que quelque chose nous poussait dans cette voie-là. Le fameux psst ! qui s'élève d'une ruelle sombre et que seules certaines personnes entendent. La fourche du destin. Si Victor n'avait pas été là, nous en serions peut-être restés au stade de la simple lubie. Puisque, comme d'habitude, l'idée venait de Victor.

C'était un soir d'automne, quelques mois après notre départ de l'Aveyron. Les radiateurs de l'appartement que nous habitions à cette époque étaient froids, ma mère les trafiquait en permanence, et pour ne pas grelotter nous avions enfilé plusieurs couches de vêtements. Dans la chambre que nous partagions tous les trois, Victor, en pyjama bleu marine et robe de chambre à carreaux marron, déplaçait tout seul des pions sur son échiquier électronique, contre une voix nasillarde d'ordinateur (« Cavalier en L3 ! »). « Sincèrement... », nous a-t-il dit, sans nous regarder.

Charles était allongé sur son lit, à côté d'haltères et d'un gant de boxe, la capuche de son sweat sur la tête. Il jouait à Snake II sur son téléphone – il l'avait reçu à Noël et depuis il sonnait sans cesse, à table, en plein milieu de la nuit (je sursautais violemment), dans la voiture et en cours, d'où il s'était déjà fait expulser deux ou trois fois. « Ce bruit me rend DINGUE ! » hurlait ma mère, deux doigts sur les tempes, comme en pleine méditation. « Qui t'écrit tout le temps ? Qu'est-ce que vous vous racontez, cinquante fois par jour ? » Charles devenait rouge, marmonnait quelques trucs sur une ou deux filles, ma mère s'adoucissait. Mais même si les gens tombaient tout le temps amoureux de Charles et le harcelaient presque (alors qu'il les oubliait à la minute où ma mère annonçait un nouveau déménagement), Victor et moi – je l'ai déjà dit – n'étions pas dupes. La nuit, des bruits de film plastique coupé aux ciseaux s'échappaient de la salle de bains où il restait enfermé des heures. Depuis quelques mois, il insistait pour aller chercher lui-même le courrier et retirait de la boîte aux lettres des enveloppes pleines, qu'il fourrait rapidement dans son anorak. Des billets (des billets !) étaient tombés de sa poche, une fois, alors qu'il regardait un match de foot en boxant l'air de ses poings. Ce n'était pas très important.

« Sincèrement..., reprit Victor, le visage concentré sur son jeu. J'ai beaucoup réfléchi. Et c'est très simple, c'est à notre portée. Je crois. »

Il marquait des pauses, avançait prudemment. Normalement, Victor s'exprimait par salves, des jets de mitraillette qui fusaient, en remontant cinq ou six fois ses lunettes métalliques sur son nez. Il lui arrivait de bégayer légèrement quand il était trop excité par ses idées. Là, il était calme et semblait presque indifférent, comme s'il n'avait pas très envie de dire ce qu'il allait dire.

« En fait, personne ne saura jamais... Enfin, c'est possible que personne ne sache jamais. » Charles s'était tourné vers lui, l'air perplexe, mâchouillant un des cordons qui pendaient de sa capuche. Mais Victor se parlait à lui-même. Il a relevé la tête :

«Vous avez lu *Le Comte de Monte-Cristo*, non ? Vous avez lu *Matilda*, vous avez vu *Les Quatre Cents Coups* ? Même *Le Parrain*, Vito Corleone, tout ça... Tout ça, tout ce qu'on préfère regarder et lire, même Pokémon, tout ça parle de vengeance.»

Charles a acquiescé. Il ne lisait plus beaucoup, mais il passait ses dimanches après-midi avachi sur le clic-clac du salon, à regarder *Les Quatre Cents Coups* en boucle sur la télévision à magnétoscope encastré, achetée dans un supermarché de Lavérune. Antoine Doinel, Antoine Doinel, Antoine Doinel. Il devenait fou, son visage prenait un air de triomphe monumental quand il le voyait s'enfuir vers la mer, à la fin du film.

La lumière de l'échiquier éclairait le bas du visage de Victor.

« Chacun des éléments qui composent une, disons une vengeance, en tout cas une revanche, doit avoir une signification.»

Victor s'est levé, a rabattu un pan de sa robe de chambre en enroulant la ceinture en un nœud négligé, a contourné son lit et nous a demandé :

« De quoi est mort notre père ? »

Charles a bafouillé :

« Suicide. Overdose d'insu...

— L'insuline, voilà, merci.

— Va droit au but, Victor, putain, on ne comprend rien.»

Devant nos mines circonspectes, il a repris lentement, comme si nous étions un peu arriérés, et que les informations devaient nous être livrées doucement pour ne pas trop brusquer notre cerveau :

« Et l'insuline, par chance, nous on en a autant qu'on veut, grâce à Lakushka. »

Il voulait que l'on tue Lanvin par piqûre d'insuline, en le frôlant une fois au hasard, dans la rue, à Paris. Charles avait crié à la stupidité du projet, puis s'était ravisé. C'était possible, en effet. Notre grand-mère Lakushka, insulino-dépendante de type I, et ses trois piqûres par jour depuis ses vingt-cinq ans, commandait des stocks d'insuline pour plusieurs mois – de quoi assommer un troupeau de vaches. Elle faisait elle-même ses injections. Sachets de sucre sous son oreiller, malaises nocturnes, sa voix s'affaiblissant : « Mais non ma perle ne t'inquiète pas tout va bien, il faut simplement que je mange du pain, du pain, où est le pain... ? » Mon père avait dû avoir l'idée en la voyant se piquer. Et tout ça, c'était la faute de Lanvin.

« Je ne sais pas si c'est ça qui lui a donné l'idée, a repris Victor, mais c'est un produit remarquable : pas trop douloureux pour se suicider (Charles a fait une grimace), oui, bon, pas HYPER douloureux, Charles, tu vois ce que je veux dire, et le plus discret pour assassiner quelqu'un. Au niveau criminel, l'insuline est un classique des empoisonnements, autrefois indétectable. Entre la piqûre, dose maximale bien sûr (il se pinça les lèvres), et l'apparition des premiers symptômes, il y a quarante-cinq minutes.

— Alors tu crois qu'il faudrait qu'on tue Lanvin avec ça ?

— Eh bien, il me semble, oui. »

Il a marqué une petite pause, a regardé par terre : « Enfin, je crois. » Ça devenait limpide, au fur et à mesure qu'il en parlait. J'imaginais déjà Lanvin, une main sur le cœur et les lèvres blanches, dire à sa femme qu'il ne se sentait pas «très bien», qu'il allait s'allonger un peu avant le dîner, pendant que sa langue devenait épaisse et sèche. Le mal par le mal. Nous serions responsables. Des bouts de ses doigts qui picoteraient.

«C'est parfait», a dit Charles, et sa tête a frôlé l'ampoule nue de la chambre, la faisant valser en petits cercles. Puis il a répété, lentement: «Chacun des éléments qui compose une vengeance doit avoir une signification.»

Nous nous sommes tus. Assis face à nous, Victor écarquillait les yeux. Il avait l'air d'un petit garçon, les jambes droites devant lui, un chausson aux pieds, l'autre quelque part dans la pièce. L'ampoule vacillait encore, quelques ombres ont dansé sur nos visages.

Les semaines suivantes, nous n'en avons pas reparlé. Après les cours, je fumais une cigarette (une gauloise blonde, piquée dans le paquet rouge d'une fille de ma classe qui, elle, avait de l'argent de poche) devant le portail du lycée, le cul posé sur une barrière en métal, tâtant le bas de mon dos de temps en temps pour vérifier que mon pantalon n'était pas descendu trop bas. Une fois tout le monde parti (à part quelques élèves solitaires, écouteurs vissés aux oreilles), je cherchais des informations à la fac de médecine. J'évitais Internet par paranoïa, regardais quatre fois par-dessus mon épaule, ne parlais à personne de mes sorties en fin d'après-midi – pas même à mes frères. Je m'engouffrais dans l'édifice. J'étais plus petite et plus maigre que tous les étudiants, qui avaient pourtant l'air d'effroyables puceaux, et les secrétaires m'observaient d'un air méfiant quand je passais devant leur bureau vitré, anxieuse, les mains moites dans les poches de mon manteau trop grand («Tu n'auras pas froid, comme ça», déclarait ma mère en fermant violemment la fermeture éclair, égratignant mon cou au passage). Elles laissaient passer, par paresse peut-être. Il faut dire qu'à cette époque la bibliothèque universitaire de la commune où nous vivions n'avait rien à voir avec la médiathèque de notre quartier et sa faune bigarrée – clochards endormis, toxicomanes bavant dans les toilettes, femmes devenues folles chaussées d'une seule pantoufle. Là, des étudiants sages grattaient du papier en silence, parmi les boiseries en chêne datant du Moyen Âge, sous des lampes individuelles en laiton. Trousses Longchamp, perles d'oreilles en nacre. Mes quelques recherches sur les ordinateurs publics m'avaient laborieusement fait naviguer de sites américains en forums de discussion autour du suicide («suicidaire.fr, bonjour, présentez-vous!»). Je préférais feuilleter les dictionnaires médicaux. Je cherchais «insulin» et lisais tout ce que je pouvais sur le sujet, la plupart des mots n'ayant aucun sens pour moi: hémoglobine glyquée, hypoglycémie iatrogène, mais je les contemplais avec fascination, tournant délicatement les pages, imaginant mon père faire la même chose, cinq ans plus tôt. «Insuline, n.f. Hormone produite par le pancréas. Sa production insuffisante entraîne le diabète. Aujourd'hui, les diabétiques disposent d'insuline humaine produite par génie génétique.» «Génie génétique.» Je tournais les pages. Surdosage d'insuline. Overdose d'insuline. L'intoxication sévère par l'insuline est l'une des rares intoxications qui peut être observée à tous les âges de la vie, du nourrisson à la personne âgée, sans oublier les femmes enceintes, qu'il s'agisse d'intoxications accidentelles, volontaires ou criminelles. La symptomatologie initiale est essentiellement neurologique avec coma agité, volontiers convulsif.

Je notais tout dans mon agenda que personne ne regardait jamais, contrairement à tous mes carnets et journaux, espionnés par ma mère, paranoïaque à l'idée que nous nous suicidions tous. « La bibliothèque de cette faculté a la particularité de conserver toutes les thèses de médecine de France, me dit un jour la bibliothécaire, un sous-sosie d'Isabelle Huppert. Vous pouvez peut-être chercher dans le catalogue qui les répertorie. » Dans « Insulinodépendance : du fondamental à la clinique », trois cents pages de charabia médical écrites par Mathilde Farier, Paris 13, en 1997, je tombai sur un passage qui fit battre mon cœur plus rapidement : « Des hypoglycémies fatales sont décrites dans les conduites suicidaires ou, plus rarement, comme moyen d'homicide. Le diagnostic post-mortem d'hypoglycémie est très délicat à établir en médecine légale car les constatations autopsiques manquent de spécificité et les analyses biologiques restent négatives eu égard à la dégradation rapide des marqueurs biochimiques. »

Je quittais les boiseries et la chaleur confortable de la bibliothèque à contrecœur, uniquement pour arriver à l'heure aux repas du soir, pour que ma mère ne s'inquiète pas. Je descendais la vieille ville en frissonnant à cause de l'écart de température, et j'allais m'acheter une bière à l'une des épiceries du centre pour retomber de mon vertige. Les épiciers n'étaient jamais trop méfiants. Puis je passais le reste du trajet à dévisager les passants légers, inconnus, qui défilaient devant moi, indifférents. Pendant que des clodos me demandaient un ou deux euros, ou que j'essayais de convaincre une vieille femme de me donner une cigarette, je listais tous ceux qui passaient, pleins de vie, à ma portée. Je comptabilisais ces milliers d'aortes, de veines, de nerfs que je croisais, je sentais les pulsations du sang dans leurs cœurs, je m'attendais à ce que leurs cerveaux s'arrêtent d'un moment à l'autre – c'était possible. L'absurdité des corps physiques me donnait le vertige. Qu'est-ce qu'on foutait là ? Puis je dévalais les rues en imaginant le petit clic spécifique des seringues à insuline, la collision avec Lanvin, le trajet du produit dans son corps, sa silhouette qui titubait quelques dizaines de minutes après. Et, dans le bus qui me ramenait, se superposait à ces images celle de mon père, seul dans une salle de bains cinq ans plus tôt, à quelques mètres de nous, gardien à tout jamais du secret de sa solitude et de sa mort.

*

Que faisais-je, l'année de mes quinze ans, à part rêver d'un meurtre ? Rien. J'errais dans les endroits où nous vivions. Les trottoirs défoncés, la proximité de la garrigue ou les bus bringuebalants, parfois la canicule quasi continue. La poussière changeante des rues, la beauté vive ou un laisser-aller général. Des quartiers splendides ou déserts où j'attendais des bus, seule. Des familles nombreuses, des jeunes à sac Longchamp qui éclataient d'un rire sec devant les lycées catholiques, des danseuses qui déambulaient, chignon et démarche de pantin désarticulé, des mecs en djellaba aux terrasses des cafés, des PMU où personne n'allait. Je n'entrais plus dans les voitures par effraction – les caméras de surveillance ne le permettaient plus, et nous n'en avions plus le goût. Les villages et les villes recelaient des atmosphères changeantes, charmantes et quelconques, dont je me lassais vite. Je lisais *Villa Triste* sur les marches des églises. À cette époque, dans mes souvenirs, la lumière ne faiblissait jamais et à dix heures du matin je préférais traîner sur l'herbe mouillée, parmi les fêtards, pendant que Mme Lavandin, professeur d'anglais, soupirait en répétant mon nom lors de l'appel matinal. Les cauchemars que je faisais autrefois avaient laissé place à la fureur. J'avais régulièrement envie d'écraser la tête des gens que je rencontrais, du psy à la plupart des profs, sur le trottoir, à coups de pied, jusqu'à ce que leurs dents sautent. Mais je ne le faisais pas. Charles me regardait parfois, ironique, et je savais qu'il s'attendait à devoir me sauver un jour : un soir, je finirais par étrangler quelqu'un. Oui, je rêvais de tuer Lanvin. Et bien que ces signes de violence soient la preuve que j'allais mal, c'était réconfortant de rire de la folie ambiante avec mes frères, qui me comprenaient et ne me jugeaient pas. Charles m'apprenait où frapper en cas de résistance (« Les yeux, Palma, les yeux avant toute chose » – je le vois encore debout devant moi, sous la lampe nue de la chambre), Victor traçait des lignes sur un plan de Paris. Je me suis demandé une fois ou deux si tout cela n'était pas un hobby comme un autre. Calculs de milligrammes. Recherches sur Internet – infructueuses. Allions-nous rentrer un jour ? Non, l'année de mes quinze ans, je ne faisais rien.

4

De retour dans notre chambre, après que Charles m'a annoncé la fugue de Victor, je me suis figée en constatant que son manteau et l'écharpe écossaise qu'il portait la nuit précédente étaient encore là, étalés sur le matelas gonflable : des empreintes d'une vie qui semblait perdue. La nuit n'allait pas tarder à tomber et la ville nous était inconnue, pleine de cachettes et de vices, de drogue et de crasse ; même la cour ensoleillée de l'immeuble avec les derniers rayons du soleil et le tintement paisible des verres qui résonnait me paraissaient attendre le désastre dans la torpeur. Charles n'était pas rentré avec moi ; il voulait sillonner le quartier, le « quadriller », m'avait-il expliqué, pour y trouver Victor – ou n'importe quel élément qui nous désignerait l'endroit de sa fuite. Ma mère avait laissé un mot dans la cuisine, sur la table en hauteur, un mot angoissé où elle m'expliquait d'une écriture tordue par la panique qu'elle allait au commissariat et serait de retour avant la tombée de la nuit. Pas un bruit dans l'appartement. À peine percevait-on le claquement du linge sur une corde et les voix paisibles de la famille du rez-de-chaussée, en plein apéritif. Le retour chez nous s'était passé dans un étrange silence malgré l'agitation urbaine, et j'étais restée muette et hébétée, debout dans le bus, les yeux écarquillés, à tel point qu'une fille de mon âge à l'air rebelle m'avait hurlé dessus parce que je bloquais le passage vers la sortie. Les trottoirs me semblaient abrupts, les plantes vénéneuses, les parcs hypocrites et vicieux – bande de petits cachottiers qui n'avaient rien dit, rien laissé paraître, lorsque je les avais frôlés le matin même. Aucun astre divin, aucun vol d'oiseaux, aucune pythie empathique. Dans le hall d'entrée, j'étais restée interdite face aux chiffres de l'ascenseur, incapable de me rappeler l'étage où nous venions d'emménager. Sur le carton qui nous avait servi de table de nuit, l'exemplaire de son livre sur les divinités grecques était posé, sage et docile, à côté de la gouttière dentaire qu'il portait la nuit. Victor, ai-je pensé en me concentrant le plus fort possible. J'essayais de l'atteindre par télépathie – un jeu auquel il me forçait à jouer enfant, le visage fermé, les doigts sur les tempes. «Tu as entendu ce que j'ai pensé?» Yeux noirs, longs cils, mouches sur les joues, et le rire rocailleux qui sortait de son petit torse lorsque je secouais la tête, dépitée. J'ai sursauté quand la sonnerie du téléphone a retenti dans l'entrée. J'ai bifurqué dans le couloir en courant, glissant sur le carrelage, et me suis ruée sur le petit téléphone blanc cassé (liste rouge) posé à même la moquette.

«Palma?»

C'était ma mère, la voix éteinte.

«Il n'est pas rentré?»

J'avais la gorge si serrée que je n'ai pas réussi à répondre. Elle a compris et a accusé le coup quelques secondes. Puis je l'ai entendue allumer une cigarette et me dire, le plus bas possible :

« J'arrive. Bientôt. Je dois encore remplir quelques papiers, les signer. »

J'entendais derrière elle des gens taper sur un clavier, une quinte de toux et même – horreur – un éclat de rire hystérique venant de loin.

« D'accord ? Je suis là dans une heure. »

Elle a laissé passer une seconde ou deux et j'ai cru qu'elle allait raccrocher quand elle a approché le combiné de ses lèvres (j'ai entendu un souffle qui a fait grésiller la ligne) :

« Tu ne sais pas où il est ? »

Je me suis mordu les lèvres pour ne pas pleurer. Elle a soupiré :

« Il va rentrer, tu sais. »

Cette fois-ci, j'ai éclaté en sanglots pour de bon.

« Il s'est disputé avec Charles cette nuit, c'est pour ça qu'il est parti, je crois…

— Je sais. Charles m'a tout raconté. »

Sa voix était ferme désormais – la voix d'un joueur de tennis vaincu au premier set et qui reprend les rênes. Tout raconter, vraiment ? Elle a répété :

« Il va rentrer. »

Elle a eu un petit rire triste et a dit :

« À sa place, j'aurais fait pareil. »

Lorsque j'ai raccroché, le silence était plus pesant encore – la famille du rez-de-chaussée avait déserté le balcon et la nuit était tombée. Je suis restée plantée là, sonnée, le regard tourné vers la porte d'entrée, et c'est seulement quand je me suis décidée à retourner dans ma chambre que j'ai vu le papier, sur le carrelage. Dans ma précipitation pour répondre au téléphone, il était tombé de ma poche. J'ai pris le combiné et composé le numéro que Charles y avait inscrit. Dès que le petit « clic » caractéristique du moment où l'interlocuteur décroche a résonné dans mon oreille, une vague de soulagement m'a envahie et mon corps s'est détendu. Mais j'ai réalisé à la demi-seconde suivante que ce n'était que le répondeur. La voix de Charles, amplifiée par une tension et une timidité que je lui connaissais peu, s'est mise à ânonner : «Vous êtes bien sur le répondeur de Jean. Laissez-moi un message. » J'étais si interloquée que j'ai raccroché sans laisser de message. Jean ? Tout, ce soir-là, de la voix métallique de Charles à l'écharpe écossaise abandonnée par Victor, me chuchotait : qui connais-tu réellement, si les êtres les plus proches de toi sont si lointains ?

*

Charles m'a trouvée assise sur le rebord de la baignoire. Il s'est appuyé contre le lavabo et m'a regardée quelques secondes avant de passer une main dans ses cheveux :

« Quelle dèche. »

Il était devenu musclé. Voûté comme il était, c'était si évident que je m'en suis étonnée. Il suivait une routine sportive obscure pour nous tous – sac de boxe dur comme de la pierre, jeûne de seize heures, protéines et absence de lipides (« Encore des lentilles corail ? » s'étonnait ma mère devant les listes d'aliments à acheter qu'il lui préparait), abdominaux et pompes le matin –, mais étrangement son corps n'avait pas développé une musculature hors normes. Ses cuisses étaient épaisses, ses bras bien dessinés et ses pectoraux gonflés, mais il était toujours sec et ses traits fins lui donnaient un air angélique. Il n'a pas levé la tête pour guetter ma réaction et lorsque je l'ai fixé, j'ai vu qu'il était vraiment perturbé. Ses yeux reflétaient l'angoisse pure (pupilles dilatées, iris rétrécis) et son teint était pâle sous la lumière du plafonnier. Teintes de vert. Jungle ou robe Galvan.

« C'est qui, Jean ? »

Interloqué, il a fait claquer sa langue et m'a dit lentement, comme si j'étais idiote :

« L'un des prénoms que j'utilise. »

Il regrettait d'être entré dans cette salle de bains et d'avoir entamé un semblant de confidences. Il croyait que j'allais lui demander des comptes sur sa vie. Lorsqu'il a fait mine de partir, j'ai secoué les jambes, je me suis avancée jusqu'à lui et j'ai posé une main sur son bras :

« La dispute, cette nuit, c'est parce que... (j'hésitais, je prenais soin de bien choisir mes mots), parce que tu ne veux plus le tuer, ce Lanvin ? »

Il a secoué la tête en regardant ma main encercler son poignet. Puis, après un silence :

« Je n'en sais rien. J'ai dit à Victor que c'était trop compliqué. Irréalisable, je pense. Et j'en avais marre de le voir croire à ça comme au Père Noël. »

Il a fermé les yeux, les a frottés avec le pouce et l'index. Sa respiration était bruyante. Il s'est tourné vers le lavabo et a procédé à un nettoyage minutieux de ses mains plutôt que de continuer sa phrase. Il s'est écoulé un certain temps avant qu'il ferme le robinet, se sèche soigneusement avec l'unique serviette verte, puis reprenne d'une voix égarée, comme si je n'étais pas là :

« Et s'il était allé chez Lanvin ? Je vais attendre demain soir et si rien ne s'arrange, ce que je ne souhaite pas, j'irai le chercher là-bas. »

Il regardait dans le vide, accaparé par quelque chose que je n'arrivais pas à saisir. Il s'est brusquement tourné vers moi :

« Imagine, s'il le tue. »

J'ai examiné mon frère avec attention. Il a poursuivi avec un débit rapide, sans bien articuler :

« L'insuline a disparu. »

J'ai écarquillé les yeux.

« Quelle insuline ? »

Il a secoué la tête, pris une cigarette dans sa poche.

« On avait un stock d'insuline. On le cachait. »

En voyant mon air, il a ajouté en agitant les mains autour de son briquet :

« Je pensais que tu le savais.

— Eh bien tu te trompais », ai-je répondu sèchement.

Il a haussé les épaules.

« Personne ne te l'a caché, pourtant. Tu devrais ouvrir les yeux. »

Je me rappelais un vol de petites boîtes qui appartenaient à Lakushka, mais les déménagements s'étaient succédé et l'information avait fini par paraître floue, comme un rêve lointain que j'avais confondu avec la réalité. C'était deux ou trois ans auparavant. Nous étions au restaurant avec Lakushka, et lorsque le serveur était arrivé pour prendre la commande, celle-ci avait posé la main sur son bras en se levant lentement de la banquette, son sac avec ses piqûres, et ma mère lui avait couru après pour vérifier qu'elle ne s'injectait pas trois doses mortelles. Les yeux de Victor s'étaient mis à briller. Il s'était baissé parmi les fauteuils et les serveurs qui valsaient, avait ouvert le sac de ma mère, fait tourner quelque chose entre ses doigts. Un éclair argenté, des petits doigts qui ouvrent un paquet cartonné : cinq boîtes d'insuline, 45 ml. Tout avait été fourré dans le sac de Charles.

« Largement suffisant pour tuer dix ou douze hommes, m'avait expliqué Charles sur un ton léger, plus tard, en regardant à la lueur d'un néon le liquide dans son plastique.

— Ça se garde combien de temps, ces trucs ? avais-je demandé, les yeux plissés pour déchiffrer les écritures à moitié effacées d'une des boîtes en carton.

— Un an, je crois... »

Il était bien sûr compliqué de garder ça à la maison sans éveiller les soupçons de ma mère, même si Lakushka laissait généralement des doses d'insuline partout où elle passait. Mais Charles avait déjà la solution :

« Je vais te montrer un endroit, Palma, m'avait-il dit cet après-midi-là, une fois que nous étions revenus en ville (nous vivions alors à Nantes). Mais avant ça, il faut me promettre que tu ne révéleras rien. »

J'avais ricané avec dédain. Il avait ri un peu, mais avait soutenu mon regard si longtemps que j'avais fini par promettre, mal à l'aise. Nous avions pris le bus jusqu'au terminus, où il m'avait fait entrer dans une résidence visiblement neuve, d'un rose vif.

« Je ne sais pas qui forme les architectes dans cette ville, mais c'est n'importe quoi..., avait-il maugréé devant mon regard perplexe.

— Tu as pris un appartement ? »

Il avait vaguement ri, puis m'avait prise par la main tout en ouvrant une petite porte blindée blanche, près de l'entrée de la résidence. Nous avions descendu un escalier dans un couloir où la lumière ne marchait pas (je n'avais pas peur, mon frère me tenait la main) et étions arrivés dans un vaste sous-sol où des rangées de parkings s'alignaient. Tout était sombre et l'écho de nos voix me semblait appeler le danger. Il s'était dirigé vers un box et avait soulevé la poignée d'une porte en fer. À l'intérieur, je n'avais rien vu car il faisait nuit noire, mais j'avais distingué une grosse masse au centre du box. Un néon avait faiblement clignoté quelques secondes avant de projeter un faible éclat sur une voiture grise, une Mercedes, au milieu de la pièce. « Voilà », avait dit Charles en allumant un deuxième néon, comme s'il venait de mettre une touche finale à un intérieur d'exception. J'avais fixé la voiture en silence, abasourdie. Derrière elle, des armoires émettaient une sorte de bourdonnement et projetaient une douce lueur verte à travers les rainures des portes.

« J'en ai besoin, Palma, m'avait-il expliqué en scrutant la Mercedes, une main dans les cheveux. Et je ne l'ai pas achetée, on me la prête. »

Durant quelques secondes de silence, j'avais continué à regarder la voiture, ahurie, puis sa voix s'était faite autoritaire :

« Maintenant tais-toi, s'il te plaît. Il faut que je me concentre.

— Mais je n'ai rien dit.»

Il avait farfouillé dans un coin, vérifié sur un thermomètre la température des armoires puis celle du garage, et avait placé les boîtes d'insuline contre le mur, sur une tablette, à côté du véhicule. Je me suis souvent demandé depuis ce qu'était devenue cette voiture. Ces boîtes étaient la seule touche de couleur dans le box, et je me rappelle avoir trouvé ça presque ironique.

*

Charles était pâle. Je me suis assise à côté de lui, sur le plan du lavabo, le dos voûté. J'avais cru moi aussi au meurtre de Lanvin – ou, pour être exacte, j'en avais rêvé. Vision onirique et criblée de noir, la bouche tordue d'un homme, ses yeux clos et son corps qui se raidissait : tout ça, ne le nions pas, me filait des frissons qui n'étaient pas des frissons d'horreur. Il fallait bien désigner un coupable pour la mort de mon père, n'est-ce pas ? Mais, une fois face à lui, aurais-je eu le cran ? Aurais-je eu non seulement le courage, mais aussi l'envie de prendre ce risque ? La prison, la culpabilité dont parlaient la plupart des meurtriers, l'âme marquée au fer rouge. Même Harry Potter déconseillait une chose pareille, et pourtant… Et pourtant, au fond de moi, je ne pouvais m'empêcher de penser que rien d'autre au monde ne pourrait me renseigner à ce point sur l'intensité et la profondeur de la vie humaine, et sur les *conséquences* d'un tel acte. Il était facile de croire que nous avions envie de liquider Lanvin uniquement pour venger notre père. Ce n'était pas le cas. Et si Charles et moi avions parfois eu de brefs éclairs de lucidité, Victor avait poursuivi ce dessein avec une pureté absolue, sans aucune nuance.

« Il est très jeune. »

Les mains de Charles ont couvert son visage.

5

Lors des journées et des nuits qui ont suivi, aucun de nous trois, ni ma mère, ni Charles, ni moi, n'avons dormi. Nous sommes restés dans le salon, assis ou allongés sur un seul matelas que nous avions traîné dans cette pièce rectangulaire. Nous ne parlions pas. Nous fumions des cigarettes que nous faisions circuler. Parfois, Charles tâtonnait jusqu'à la télécommande et allumait la télévision qu'il avait installée quelques heures plus tôt. Une angoisse nacrée. J'ai cessé d'aller à l'école. Lorsque je m'assoupissais, je me réveillais quelques secondes plus tard en sursaut, le cœur battant et la gorge en feu : il me fallait un moment pour me rappeler son absence, qui semblait définitive. Jamais le monde ne m'était apparu ainsi : vaste, secret, d'un mal absolu. Je voyais les cils de ma mère s'étendre et se déployer, battant contre ses pommettes. Elle ne dormait jamais. Parfois elle levait un bras dans la pénombre du salon, grattait quelque chose, silencieusement. Même ses bracelets ne tintaient pas. Nous avions tous le souffle court.

Une nuit, vers trois heures, j'ai fini par allumer la télévision en cherchant la télécommande sous le matelas. Elle a projeté une lumière vive et blanche sur nous trois, englués dans nos draps comme sur un radeau. Charles s'est caché les yeux en poussant un petit gémissement. Et le premier mot que nous avons entendu, tous les trois, éructé par la télé à une heure de la nuit où l'on aime les chuchotements, a été « insuline ».

« ... l'une des plus célèbres suspicions de meurtre à l'insuline (mon cœur a failli lâcher). Le 22 décembre 1980, Sunny von Bülow... », a hurlé la télévision.

« Elle est morte ! » s'est écriée ma mère en se relevant sur un coude et en fixant le gros plan d'une femme blonde.

Elle avait le visage tourné vers l'écran, l'air ahurie.

« Qu'est-ce qui... »

« ... une héritière américaine richissime est retrouvée inanimée dans sa salle de bains, dans un coma profond dont elle ne sortira jamais, a poursuivi la voix off, imperturbable. Suicide ? Assassinat ? L'insuline retrouvée dans les analyses de... »

« C'est son mari, a grogné ma mère. Bien sûr que c'est lui. »

Charles n'a rien dit. Il s'est contenté de pousser un gémissement plus insistant, et m'a demandé de changer de chaîne.

« C'est fou, n'est-ce pas, comme la vie peut basculer en deux ou trois secondes... », a poursuivi ma mère en parlant toute seule.

C'est à cet instant que j'ai entendu la poignée de la porte d'entrée s'agiter. J'ai d'abord cru à une hallucination, mais le bruit s'est fait plus fort. Ma mère ne remarquait rien, captivée par la télévision (« En juillet 1981, un grand jury du tribunal de Newport inculpe son mari, Claus von Bülow, seul héritier majeur de…»), mais Charles a ouvert des yeux ronds. Il s'est tourné lentement. Le bruit s'est arrêté une seconde, puis a repris. On essayait de s'introduire chez nous. En une seconde, la porte s'est ouverte, la lumière a inondé le salon, et Victor se trouvait debout devant nous, couchés et recroquevillés comme des larves. Le contre-jour était tel que je n'ai pas tout de suite vu son visage, mais c'était bien lui. Les oreilles découpées et légèrement tombantes, la maigreur, les cheveux touffus et courts. Dans le rectangle aveuglant qui se détachait autour de lui, j'ai pensé qu'il pourrait tout aussi bien être un extraterrestre venu nous envahir. Très clairement il a dit :

«Ah, vous êtes là.»

Sa voix était intacte. J'avais pensé que si l'on retrouvait un jour Victor, il aurait vieilli et sa voix aurait changé. De pure et féminine, elle serait passée à rocailleuse, la voix d'un adulte qui a vécu. Mais non. Sa voix était là, une voix d'enfant dont il nuançait les tonalités avec prudence. Ma mère a poussé un petit cri de surprise, la tête en arrière et le cou légèrement désarticulé. Charles a passé une main dans ses cheveux et, les yeux écarquillés, a lancé :

«J'hallucine.»

Victor a ricané brièvement. Il a posé ses sacs dans l'entrée, son sac à dos d'écolier et un sac matelot vert d'eau que je ne connaissais pas. J'étais encore hébétée. Il s'est à nouveau tourné vers nous et a haussé les épaules en clignant des yeux, comme pour dire : «Ben quoi ?» Il portait le même t-shirt que le jour de la rentrée, un t-shirt noir un peu trop grand et délavé. Ma mère s'est levée du matelas, s'est approchée de lui et leurs deux silhouettes se sont fait face, un dixième de seconde. Il lui arrivait à la poitrine. Puis elle l'a longuement enlacé. Il s'est laissé faire. J'aurais voulu qu'ils restent là longtemps, sous l'ampoule jaune. La voix de Charles, à côté de moi, répétait :

« Il est fou, il est fou. »

Victor a dégagé sa tête des bras de ma mère et la lumière jaune a frappé directement le sourire ironique qui lui balayait le visage :

« Charles. J'ai très faim. »

★

« Lakushka va mal. »

Victor a repoussé son assiette vide, sillonnée de traces de ketchup. De près, ses traits étaient tirés, et lorsqu'il parlait, des rides de fatigue se dessinaient au coin de ses yeux cernés. J'ai eu envie de toucher sa joue du bout des doigts, puis son air m'en a empêchée, un air calme et serein qui n'était pas étranger à Victor mais paraissait accentué dans la nuit, dans cette cuisine carrelée, et puis sa peau semblait rêche, un peu rouge, presque irritée, surtout sous les ailes du nez, alors que six mois auparavant, dans une autre vie, les joues de Victor étaient encore lisses et mates. Je ne voulais pas le quitter des yeux mais il commençait à présenter des signes d'agacement pendant que je me balançais, assise face à lui sur l'un des tabourets qui jouxtaient le bar – c'était un bar en lino, intégré à la cuisine, mais le truc le plus *fancy* que l'on ait eu depuis des années. Personne n'avait osé lui demander où il était passé, ce qu'il avait fait. Nous nous étions contentés de le regarder manger l'omelette préparée à la va-vite par Charles, dont les mains tremblaient, avec l'apaisement des louves lorsqu'un des leurs se rassasie d'une charogne. Charles était appuyé contre la cuisinière, les bras croisés, torse nu dans son jogging.

« Alors tu étais chez elle, a conclu ma mère, les yeux baissés sur ses mains, la pulpe de ses doigts pressant les miettes de pain qui ornaient le bar. Elle ne m'a pas prévenue.

— Elle va mal ? » a répété Charles, toujours hébété et des taches d'omelette sur son pantalon.

Il y a eu un silence.

« Je suis allé à Paris, a rectifié Victor en posant le menton entre ses mains croisées. En stop. »

Mon cœur a battu un peu plus vite. Ma mère a haussé les sourcils.

« Elle va mal à quel point ? » ai-je dit d'une voix enrouée.

Lakushka, c'était devenu un délire. Elle avait pu nous faire rire nerveusement des heures entières (« Qu'elle vienne, la guerre, je l'attends ! ») pendant quelques années, mais ça devenait légèrement inquiétant. Elle perdait la tête, davantage encore qu'avant (en pleine nuit, au cours des vacances d'été, elle m'avait appelée par le prénom de sa propre mère en me fixant de ses yeux suppliants et j'avais failli m'évanouir de terreur en constatant qu'elle s'était pissée dessus), mais physiquement aussi elle allait mal. Je ne le savais pas, le diabète entraînait de drôles de complications. Un ongle incarné qui n'avait jamais cicatrisé, une plaie dans la bouche qui s'ouvrait régulièrement.

« Eh bien, a fait Victor après avoir bu une longue gorgée d'eau et reposé son verre avec calme. Lorsque je suis arrivé chez elle, c'était en pleine nuit, je m'étais un peu perdu et j'ai sonné plusieurs fois. J'étais inquiet à l'idée de lui faire peur, bien sûr, mais j'ai sonné quand même, je ne savais pas où aller. Aucune réponse. Je sais, je sais (il a levé les mains pour que nous arrêtions de l'interrompre), elle est sourde comme un pot, alors j'ai décidé de… Disons, d'escalader le portail. Tu verras, a-t-il dit en plantant son regard dans celui de ma mère, mon épaule est violette et mal en point. Gros hématome, peut-être foulé quelque chose, je ne sais pas. Bref, elle était dans son lit, paisible, mais il y avait quelque chose qui clochait. J'ai tourné et retourné dans la pièce pour comprendre quoi, jusqu'à ce que je réalise qu'il n'y avait pas un bruit dans cette maison. Pas un.»

Il n'y avait plus un bruit non plus dans la cuisine.

«Elle ne respirait plus.»

Ma mère a eu un haut-le-cœur et j'ai poussé un cri, mais Victor a haussé le ton :

«Laissez-moi finir. Elle ne respirait pas. J'ai collé mon oreille à sa bouche et j'ai entendu un râle. Très léger, presque silencieux. Mais un râle.»

C'est ce jour-là seulement, et jamais pendant les milliers d'autres passés avec lui, que je me suis rendu compte du pouvoir de sa voix. Vibrante et éraillée, elle vous transportait, comme si vous étiez posé sur son épaule et contempliez le monde à travers ses yeux – des yeux bizarres, plus analytiques qu'un scanner, plus vastes que les grands fonds de l'océan, là où l'on dit que la lumière n'entre pas. Il a écarté les mains une seconde, nous a regardés à tour de rôle. Au poignet, il portait un élastique que je ne lui connaissais pas.

« Ce n'était pas un malaise, c'était un coma, a-t-il repris. Coma acidocétosique. J'ai respiré à fond, plusieurs fois, pour ne pas paniquer (rapide coup d'œil dans ma direction), et je suis allé chercher de l'insuline. Je l'ai piquée à l'aine. Elle a fini par reprendre conscience.

— Tu sais faire une piqûre d'insuline ? a demandé ma mère, hébétée et une main sur le cœur.

— Oui », a-t-il répondu d'un ton calme en levant les yeux vers elle.

J'ai eu une vision de Victor dans la chambre de Lakushka (panneaux de bois noirs, tapisseries orientales et collection de canards en verre), penché sur elle, la fixant de ses yeux noirs pour qu'elle ne sombre pas définitivement de l'autre côté. Il réussissait toujours à vous dire les choses par des moyens de communication inhabituels.

« J'ai téléphoné à la voisine. Je ne voulais pas qu'elle sache que j'étais là... »

Ma mère lui a jeté un regard stupéfait.

« ... Vous allez me trouver bizarre, mais je me suis fait passer pour Lakushka. J'ai la même voix, à peu de chose près et vu l'état dans lequel elle était de toute façon elle aurait oublié avoir appelé. J'ai dit à la voisine que j'allais mal, que j'avais fait un malaise. Elle a débarqué dans les trois minutes. Je me suis caché quelques minutes dans le petit placard à manteaux de l'entrée pour vérifier que tout allait bien, que les pompiers étaient en route, puis je suis reparti.

— En pleine nuit ? » ai-je demandé.

J'imaginais un gamin d'à peine douze ans frôler les murs de Vanves, avec son sac à dos d'écolier.

« En pleine nuit, a-t-il acquiescé, les yeux baissés, ses

longs cils tapant presque sur ses cernes. C'était hier. Il y a vingt-quatre heures. Ensuite, j'ai pris le train à la gare de Lyon pour rentrer. J'avais peur qu'un mineur seul paraisse bizarre dans une gare, mais personne n'a fait attention à moi et, miracle, le contrôleur que j'ai croisé dans le couloir a cru à mes mensonges.»

Il a pris une voix haut perchée :

«Oh, monsieur, vous avez déjà contrôlé mes parents, je suis assis en voiture 11 avec eux...»

Il a ri, nous a regardés, a cessé de rire en voyant nos visages. Charles a poussé un long soupir.

«De la gare à ici, j'ai marché. Il faisait hyper froid, j'ai marché le plus vite possible car je savais que vous seriez morts d'inquiétude.»

Il était parti deux jours et demi. Tant de questions se bousculaient dans ma tête, tant de questions qu'il ne fallait pas que je pose devant ma mère, que j'ai préféré fixer le dos d'une cuillère plutôt qu'ouvrir la bouche. Ma mère a passé une main devant ses yeux, s'est massé les tempes. Charles avait toujours les bras croisés. Voilà, nous sommes à nouveau quatre, ai-je constaté en jetant un coup d'œil circulaire à la cuisine neuve (carrelage blanc et noir, lino gris et beige, placards vernis d'un rouge que ma mère trouvait affreux), et mes poumons ont semblé retrouver leur taille habituelle. Victor a déclaré, en se levant du tabouret et en prenant son assiette :

«Tu devrais appeler Lakushka. Puis les flics. Pour leur dire que je suis rentré.»

Ma mère s'est précipitée sur le téléphone, a composé le numéro de Lakushka :

«Lakushka, puis les flics, pour leur dire que tu es rentré», a-t-elle marmonné en se rongeant l'extrémité gauche de l'ongle du pouce, dans une réplique exacte de Victor, de moi-même et de Charles.

Victor se tenait face à Charles et moi.

« Qu'est-ce que tu as fait ? »

La voix de Charles tremblait, de colère ou d'étonnement, je n'en savais rien.

« Depuis quand je dois te rendre des comptes ? » a dit nonchalamment Victor.

Sa voix était légère, mais il évitait soigneusement de regarder Charles.

« Et puis je te l'ai dit, a-t-il poursuivi plus vivement en fermant le lave-vaisselle. Je suis allé à Paris. J'ai utilisé l'insuline pour Lakushka et ce qu'il restait (il a baissé la voix, a jeté un coup d'œil au salon où ma mère parlait à toute vitesse au téléphone), je l'ai laissée chez elle. »

Il y a eu un long silence, puis il a ajouté dans un sourire tordu :

« Je n'ai tué personne, si c'est ce que tu veux savoir. »

*

« Je dois vous montrer quelque chose », a repris Victor alors que le silence planait dans la cuisine depuis quelques secondes.

Ma mère était au téléphone avec Lakushka. À l'étage, les voisins faisaient claquer les portes et, bien qu'il fasse nuit, j'ai entendu des voix résonner dans la cour. Victor s'est avancé dans le salon, a saisi le sac que je n'avais jamais vu, un sac allongé et qui semblait lourd vu la tension sur son visage. Il a poussé la porte du couloir et nous a fait un signe de tête. Au seuil de la chambre que nous partagions (que nous n'avions en fait partagée qu'une seule nuit), il a posé le sac, nous a demandé d'entrer sans un bruit (il a posé un doigt sur ses lèvres), a refermé la porte avec précaution. Les stores qui donnaient sur le balcon étaient baissés. La voix de ma mère claquait dans le salon, avec ses intonations habituelles : questions quasi hystériques, puis long velours de voix feutrée. Tout près de moi, si près que je sentais son haleine d'enfant, il a lentement défait les cordelettes qui fermaient le sac. Il s'est reculé. J'ai cru qu'il s'agissait d'argent, de billets de banque. La lumière de l'ampoule a frappé un objet sombre et allongé, que j'ai mis plusieurs secondes à reconnaître. Mon cœur s'est arrêté. C'était bien elle. L'abat-jour avait disparu, de sorte qu'elle était seule, longiligne et menaçante, sans aucune ampoule pour la couronner. Je ne l'avais pas vue depuis cinq ans, mais elle était là, imposante et noire. Le socle plein de poussière et de traces de doigts qui laissaient un sillage obscène. Des cheveux comme des serpents d'or. Un visage inexpressif, des yeux vides. Seins lisses, cuisses brillantes. Le pire, le plus frappant, c'était sa bouche, une bouche tordue et haineuse, ouverte sur deux dents noires que l'on devinait pointues comme celles des vampires. Les ongles acérés, un bras levé. « Alecto, Furie grecque », était écrit sur le lourd socle.

« Vous voyez, il y a de la peinture dorée qui part un peu dans les cheveux, mais autrement…

— Ce n'est pas de la peinture », a dit une voix que nous connaissions bien. Nous avons sursauté en même temps, tous les trois. Ma mère se tenait dans l'encadrement de la porte. Elle nous a souri après une pause théâtrale. Elle a décroisé les bras et s'est avancée, le bras tendu vers la lampe :

« Ils sont dorés à la feuille d'or. C'est un travail très délicat. Ça m'étonne que tu ne le saches pas, Victor. Le socle est en verre noir, le reste est en métal. »

Elle s'est tournée vers Victor. Charles paraissait épouvanté.

« Où l'as-tu trouvée ? » a demandé ma mère, toujours calme.

Il y a eu un silence.

« Rue Chauvelot, a répondu Victor. Elle était encore dans l'appartement. Tu l'avais cachée dans la cheminée. »

Ma mère a souri, cette fois franchement.

« L'appartement est habité ?

— Il l'était il y a peu, a répliqué Victor, penaud. Mais pour l'instant il est vide. Il n'y avait personne, aucun meuble. Certains murs ont été repeints. »

Sans cesser de la fixer, ma mère a caressé la lampe. Son cou, ma partie préférée. C'était un cou gracile. Je l'avais plusieurs fois tâté pour y sentir un battement de cœur. Puis, très lentement, elle a tourné la tête vers la porte et a lâché :

« Nous rentrons à Paris. »

Charles s'est laissé tomber sur le seul matelas posé là, celui de Victor. Ces dernières heures, le monde lui était tombé dessus.

« Lakushka va mal, en effet, a poursuivi ma mère.

— Et Lanvin ? Les dettes ? »

Ça m'avait échappé mais j'ai poursuivi en dévisageant ma mère qui clignait des yeux, surprise :

« Je croyais qu'on ne rentrait pas à cause de lui. Je

croyais qu'on fuyait ce type. Il veut qu'on le rembourse, non ? »

Elle a eu une seconde d'hésitation, mais elle s'est reprise :

« C'est terminé. Lanvin ne m'écrit plus. Il ne réclame plus son argent depuis quelques mois. »

Je ne le savais pas, mais Victor a ricané :

« Tu m'étonnes. »

Ma mère et moi nous sommes tournées vers lui. Charles l'examinait d'un regard noir.

« Et puis qu'est-ce que ça change, de toute façon, qu'on soit ici ou là-bas ? a continué ma mère.

— Exactement », a conclu Victor avec assurance.

Il a fouillé dans sa poche, a jeté le petit téléphone bleu :

« Au fait, Charles. Ton téléphone. J'ai failli oublier. »

J'ai cru qu'il allait s'écraser contre la fenêtre mais, d'une main, Charles l'a récupéré d'un geste vif.

« Il n'a pas arrêté de sonner, a averti Victor. Tout le temps. Quasiment à chaque minute. »

Charles a fixé le téléphone un moment, puis il a fini par hocher la tête et ma mère a fait tinter ses bracelets.

« Oui, il est temps que nous rentrions à Paris. »

Elle fixait la statue, bleue sous la lumière.

6

C'est arrivé un matin, simplement. Ma mère avait déjà vendu la R5, que nous ne prendrions donc plus jamais tous les quatre, et avait réservé des places dans un TGV pour Paris. Nous allions vivre chez Lakushka. Quand nous sommes sortis de la gare de Lyon, sur le parvis gris, le ciel était plombé mais il faisait une chaleur caniculaire. J'ai levé les yeux vers la grande horloge et les bâtiments haussmanniens en face. Les voyageurs ou les touristes regardaient Charles du coin de l'œil, et c'était marrant de le voir d'un œil extérieur, comme s'il m'était inconnu : les cheveux qui tombaient à la perfection sans qu'il en prenne soin, les épaules ouvertes sur le monde, ses lunettes de soleil lui donnant un air de mannequin ou de mafieux, c'était selon, ses doigts aux ongles rongés ripant en permanence, deux ou trois fois par seconde, sur la pierre d'un briquet. Nos pieds foulaient des trottoirs que nous n'avions plus vus depuis des années. Des trottoirs attirants. Crachats et chewing-gums, chauffeurs de taxi hurlant devant le hall. Une pancarte « On ne choisit pas ce que l'on aime » brandie par une grosse dame portant un t-shirt rayé et une bible, devant la gare. Partout, les gens pullulaient – sur les trottoirs, dans les cafés, indifférents, fumeurs, toujours prêts à vous engueuler. Des touristes asiatiques, russes, sud-américains, grecs. Des casquettes, des femmes en talons titubant sous le poids de leurs valises, des portières ouvertes, des arrêts de bus bondés. «Les familles sont prioritaires!» hurlait l'un des mecs chargés de la file d'attente pour les taxis. Les feux rouges étaient encombrés de voitures klaxonnantes, et partout les conducteurs, les femmes debout à l'arrêt de bus, un type en tongs cramé à l'héroïne quelques mètres plus bas semblaient nous fixer, mais j'ai toujours été paranoïaque, comme me le rappelaient régulièrement mes frères. Paris était mouvante, vibrante et énervée: son odeur surtout, l'odeur du métro et des trottoirs sales, l'odeur de pollution, m'a frappée. C'était une ville intacte. Moi non. Je ne savais plus m'écarter pour éviter les vélos ou les piétons qui marchaient vite. J'observais tout le monde, bouche bée, fascinée et peureuse. À côté de moi, Victor me lançait des coups d'œil à la dérobée tandis que ma mère et Charles traçaient leur chemin à toute allure vers l'arrêt de bus de l'autre côté de la Seine, après le pont, près du Jardin des Plantes. Ils traînaient chacun une valise en regardant droit devant eux, et je savais que dans l'une d'entre elles il y avait notre Alecton, enveloppée de papier journal et des pulls de ma mère. La Seine était verte, la cathédrale n'avait pas bougé, le reste non plus. Je reconnaissais le petit terre-plein devant la gare d'Austerlitz où Victor avait manqué de se faire renverser à trois ou quatre ans avec son tricycle. Le portail du Jardin des Plantes où Charles s'était fait fouiller par les flics lorsqu'il avait douze ans, la terreur dans ses yeux ce jour-là. Le bruit de la ville n'était qu'un toit, une couverture malodorante qui réchauffait et sous laquelle il était simple de s'abriter. Elle vous habillait. Et cette odeur mêlée de goudron, de tissus et de pots d'échappement : on pouvait dire tout ce qu'on voulait sur la pollution des grandes villes, moi, elle me rassurait.

« On va prendre le bus jusque chez Lakushka », a dit ma mère en allumant une cigarette sous le nez d'un couple d'Américains horrifiés.

J'ai hoché la tête en regardant les microvagues de chaleur aveuglante brûler au-dessus du trottoir d'en face, plus loin, puis j'ai vu le panneau :

« Ce bus s'arrête à Montparnasse. Il ne va pas jusqu'au terminus.

— Nous marcherons, a répondu ma mère avec décontraction. On pourrait passer par Saint-Lambert. Ce n'est pas si loin… Quarante minutes de marche, à peu près… »

Notre ancien quartier. Elle regardait la Seine derrière nous et les terrasses des immeubles luxueux qui la longeaient, en face : des terrasses où les propriétaires avaient carrément fait monter des arbres en pot.

« D'accord, mais je vous guide, parce que toi tu te perds tout le temps », a râlé Charles.

Nous avons traversé le quatorzième arrondissement sans dire grand-chose, éberlués de constater que personne ne semblait fasciné ou ému de nous revoir. J'ai ricané d'un air morne en pensant au nombre de fois où j'avais évoqué Paris devant des camarades de classe, la manière orgueilleuse que j'avais eue de m'approprier cette ville et ses habitants, son charme. Mais la réalité était là, aussi amusante que perverse : les passants circulaient, indifférents, les commerçants ne répondaient pas quand Victor les saluait, je ne me rappelais plus le nom des rues et je ne savais jamais s'il fallait tourner à droite ou à gauche. Nous descendions vers Saint-Lambert et personne ne nous attendait, si ce n'est ma grand-mère qui perdait la tête. Charles nous guidait. Parfois, lorsque l'un de nous traînait, il levait un bras vers le ciel à la manière de ces organisateurs de voyages groupés, et patientait jusqu'à ce que l'on rattrape le retard. Aujourd'hui encore je me demande s'il était patient ou si c'était une façon simple de camoufler son émotion. Mon père aurait très bien pu marcher à mes côtés. Plus le boulevard périphérique s'approchait, moins les quartiers étaient peuplés de jeunes, de touristes ou de cafés. Parfois, une ambulance passait en nous faisant sursauter, tous les quatre au bord du trottoir, nos baskets éraflant le caniveau, et parfois nous traversions un passage ou une impasse si silencieux qu'il était impossible d'imaginer que des gens y avaient un jour échangé un mot.

À quelques rues de Chauvelot, les magasins de notre ancien quartier étaient toujours relativement décrépis et vides. Magasins de perruques, de vêtements de grossesse, quincaillerie à jamais déserte. Le Carrefour du boulevard, où ma mère avait eu une crise de fou rire en me voyant essayer de voler des poireaux, un jour de désœuvrement. Le square et ses grands-mères à pigeons, ses clodos sans chaussures enfouis dans des couvertures malodorantes – les mêmes, invariablement. Victor trottinait à mes côtés, ravi et léger malgré sa difficulté à respirer dans les grandes villes. Il était presque aussi grand que moi maintenant. Derrière lui, l'imposante barre des Périchaux se dessinait comme un gigantesque mur de béton. La lumière grise faisait ressortir ses cernes violets, le rouge de ses joues dû à la chaleur écrasante qui envahissait la capitale. C'était l'été indien. Nous avons dépassé les toilettes publiques où ma mère refusait systématiquement que nous entrions (sa voix derrière mon dos qui criait « Non ! » alors que je me précipitais vers la porte blindée, tout cela semblait si loin).

Nous avons tourné à droite puis bifurqué légèrement à gauche, sous la direction de Charles qui nous indiquait la voie à prendre d'un geste discret de la main. La rue Chauvelot. Voilà. Elle était là, indifférente et calme. Elle ne paraissait pas plus petite, contrairement à ce que j'avais cru, mais vide. Délaissée. Il n'y avait pas un chat. Aucune voiture n'y était garée. Des détails infimes avaient changé, le portail gris repeint en noir, les vitres de la devanture du magasin recouvertes de cartons, le magasin lui-même laissé à l'abandon. L'enseigne au-dessus de la vitrine était classique et brune, alors que dans mon souvenir elle était impressionnante, verdâtre, presque gothique. J'avais cru quoi ? Et ma mère, que pensait-elle ? Que quelqu'un (mon père, n'importe qui) se précipiterait dans nos bras ? L'atmosphère nouvelle qui se dégageait de la rue, une atmosphère qui avait dû se recomposer sans nous, refermant son emprise sur l'absence de nos vibrations et de nos voix, semblait impénétrable et j'attendais qu'elle veuille bien s'ancrer en moi, m'envelopper et me faire planer dans des contrées lointaines qui, si elles n'étaient pas encore celles du souvenir, se rapprocheraient au moins de la mélancolie. Mais non. J'étais vide, presque froide. Numéro 11.

Une petite maison de ville où nous occupions le dernier étage en duplex, tandis qu'un couple de boulangers vivait au rez-de-chaussée. Il me semblait impossible qu'un tel décor, aussi factice, ait pu contenir les êtres que j'y avais laissés. Les allers-retours entre le magasin et l'appartement, ma mère au milieu des pavés me tendant la main avec impatience. Mon père debout sur le perron en train d'insulter la serrure qui marchait mal.

En détachant d'un geste délicat ses cheveux de son cou moite, ma mère a calé son grand sac noir sous son bras, a froncé le nez d'un air mécontent sous ses lunettes de soleil et a lâché :

« J'aimerais entrer. »

Elle a fait un signe de tête en direction de la maison. Toujours cette envie d'entrer n'importe où. Des provisions de laissez-passer. Des passeports internationaux de corps diplomatique. Voilà ce qu'il nous aurait fallu, de tout temps. Charles a baissé ses lunettes de soleil, hésitant :

« Tu es sûre ?

— Évidemment, a-t-elle répliqué d'un ton presque enjoué en cherchant une Nicorette et ses clefs.

— Peut-être qu'il y a quelqu'un ? » ai-je demandé sans y croire une minute, puisque tout avait l'air vide et nu.

Charles a levé le doigt à la manière d'un robot et l'a laissé appuyé deux longues secondes sur le bouton de la sonnette, calée sur un pylône du portail. Personne n'a répondu.

« Comment tu as fait, la fois où… ?

— J'ai piqué la clef de Maman et ouvert la porte, a fini par lâcher Victor, consterné. Je parie qu'elle est encore ouverte.

— Ah bon? a dit ma mère d'un air étonné tout en continuant à fixer le trousseau de clefs gigantesque qu'elle trimballait, comme si elle parlait à un petit enfant un peu idiot. Et tu l'as remise dans mon sac?

— N'hésite pas à le dire plus tôt la prochaine fois», a soupiré Charles à Victor.

C'était le début de l'après-midi, la chaleur faisait mijoter la ville entière, et un à un, aidés par Charles, nous avons escaladé le portail (il n'était pas haut, à peine la taille de Victor, mais ma mère avait le vertige et poussait des hurlements qui nous horrifiaient), traversé la petite cour où aucune voiture n'était garée, passé la porte principale dont le code était toujours le même (75015#) et l'odeur de l'immeuble m'a sauté à la gorge. Tout était intact: la même poussière humide, les mêmes fenêtres à simple vitrage, le même carrelage mosaïque et l'écho de nos voix se répercutant de manière exagérée contre les murs et les plafonds. Comme dans un film de mauvais goût, la porte de l'appartement s'est ouverte lentement. L'entrée était petite, bien plus petite que dans mes souvenirs. Même moquette bleu ciel épaisse et vieillie, jaune à certains endroits, le jaune des cadavres sur les peintures. L'odeur, surtout, était la même. Elle était certes masquée par des années de poussière et de déménagements successifs, par le passage de quelques nouveaux propriétaires, mais personne, visiblement, n'habitait là pour le moment et, j'en aurais donné ma main à couper, l'appartement avait gardé quelque chose de nos haleines et de nos cuirs chevelus, du tissu des canapés de ma mère (pourtant depuis longtemps envolés), de l'encens qui brûlait quasiment en permanence sur les cheminées en marbre violet. Ma mère est entrée dans le hall, a regardé autour d'elle, petite silhouette habillée de noir dans un décor de théâtre oublié. À gauche, la chambre de Victor, celle de Charles. Au fond, la mienne. J'ai poussé la porte en bois, repeinte en blanc. La cheminée en marbre était toujours là, dans un rayon de lumière que laissaient passer les volets mal fermés. La pièce était minuscule, une cellule de prison entièrement nue. Il faisait à peu près quarante degrés à l'intérieur. Plus de lit gigogne, plus de malle à peluches. Les fenêtres laissaient encore passer le bruit des voitures. La dernière fois, c'était le matin du départ à La Réunion. Victor avait refusé d'enfiler ses chaussettes Minnie, croyant qu'ainsi nous raterions l'avion, mais Charles avait fini par les lui mettre de force malgré ses cris aigus.

«Elle était là!» a crié Victor, et sa voix a résonné partout dans un écho ridicule.

Agenouillé près de la cheminée, il avait passé la tête à travers le conduit.

«Ici, a-t-il répété plus doucement, sortant la tête avec sur le visage une expression de joie pure. Dans ce conduit. La lampe!»

J'ai passé la main là où il me l'indiquait. Charles est arrivé avec un air décontracté de propriétaire:

«On devrait rester là. C'est royal. J'avais oublié. C'est une villa royale, a-t-il lancé en mettant ses lunettes de soleil dans ses cheveux, et il a répété ce mot plusieurs fois.

— On peut imaginer que c'est encore la nôtre, ai-je répliqué.

— On ne peut pas rester ici», a fini par dire ma mère après quelques minutes, dans un étrange écho à ce que répétait Charles. Debout dans le hall, elle avait un regard bizarre, comme si elle avait pris des drogues.

Elle fixait la cuisine, le visage tendu vers la fenêtre.

«Tu ne te sens pas bien ? ai-je demandé, indifférente, en promenant mon doigt sur le marbre rugueux de la cheminée.

— Non, ce n'est pas ça. Quelqu'un nous épie.»

Charles et moi avons passé la tête dans le hall au moment même où Victor sortait de la chambre et, par la fenêtre de la cuisine qui donnait sur la cour, nous avons distingué face à nous, encadré par la fenêtre de son appartement, au même étage de l'immeuble voisin, un type en peignoir gris, aux yeux globuleux et aux cheveux décoiffés, qui nous regardait d'un air possédé. Et la silhouette stupéfaite de ma mère, dans le hall à moquette bleue.

Ensuite, sur le trajet emprunté pour aller chez Lakushka, je l'ai observée. Ma mère. La même. Je guettais une trace d'angoisse ou de regret, mais elle marchait avec aplomb, traînant sa valise, grave et sérieuse. Avait-elle maigri ? Non. Ses épaules n'étaient plus pointues, ses bras étaient moins fins. Aussi mêlés que soient mes sentiments à cet égard, je me suis dit que ma mère avait fait son deuil et qu'elle allait mieux. Et si cela avait été un soulagement pour tous, ténu et discret, la première inspiration au réveil, j'avais été déroutée de voir que la vie reprenait chez elle, le temps réparait des dégâts que je pensais irrémédiables, et le souvenir de mon père s'évanouissait peu à peu, alors que je me trouvais enfoncée jusqu'aux genoux dans une vase dont je ne pensais jamais sortir. De temps à autre, du bout de sa cigarette, elle pointait du doigt une école ou un arrêt de bus et se mettait à rire brusquement en nous racontant un souvenir, le sac plastique qu'elle avait en guise de cartable ou les reproches hystériques de sa grand-mère, soufflant la fumée dans la rue, la mêlant aux autres fumées de la ville.

*

Dans mon esprit, bien sûr, c'était si simple, j'ai associé quelques secondes le type en peignoir gris et aux yeux globuleux que nous avions aperçu rue Chauvelot à Lanvin. Toujours en travers de notre chemin, nous fixant sans jamais nous lâcher, n'oubliant rien, comptant tout, égrenant ses lettres comme les corbeaux des faits divers, ombre menaçante glissant un doigt sur nos gorges. Mais ce n'était pas lui. Je n'ai appris le destin de Lucien Lanvin que des mois plus tard, bien après notre visite illégale de l'appartement.

7

«Je vais y aller», a dit Charles sans lever les yeux de son téléphone, enfoui dans un t-shirt à manches longues malgré la canicule. Il devait être dix-neuf heures, l'après-midi touchait à sa fin et nous étions sur la petite terrasse de Lakushka, à Vanves. Nous venions d'arriver. Son balcon ployait sous le poids des plantes en pot qu'elle faisait pousser en masse – géraniums, tulipes, mais aussi arbustes dont j'ignorais le nom, et bien que ma mère l'ait avertie mille fois qu'un jour il allait céder et que nous allions tous mourir, Lakushka continuait à ajouter des pots et des plantes. Elle nous avait accueillis d'un air égaré, des traces de larmes sur les joues, et ma mère avait dû lui répéter plusieurs fois qui nous étions avant qu'elle n'ouvre complètement la porte, ahurie dans sa robe de chambre, une paire de ciseaux à la main, les yeux fixés sur nos sacs et nos valises entassés sur le perron.

«Aller où?» a demandé ma mère distraitement en continuant à couper les cheveux de Lakushka. Docile, celle-ci tenait la tête bien en arrière, avec un regard doux et effrayé. Parfois, elle se protégeait les oreilles lorsque la lame de ma mère s'en approchait trop près. De son autre main, ma mère fumait.

« Eh bien quoi ? a fait Charles en levant les yeux au ciel. Il faut bien que je travaille, non ?

— Mais enfin », a répondu ma mère avec un grand geste qui a fait voltiger les ciseaux dans le jardin des voisins (Lakushka a poussé un grand cri). « Merde. »

Victor a couru jusqu'à la balustrade pour regarder en bas.

« Pas de morts, Maman, a-t-il dit de sa voix enrouée.

— Mais enfin, a repris ma mère après avoir vérifié qu'il y avait une autre paire dans le tiroir de la cuisine qui donnait sur le balcon. On n'a même pas attribué les chambres. Et puis il est dix-neuf heures. »

Charles l'a regardée, l'air perdu, puis a grommelé :

« Personnellement, je m'en bats les couilles de la chambre où je dors. Prenez celle que vous voulez, je peux dormir sur le canapé.

— C'est trop d'honneur », ai-je ricané pendant que le voisin, furieux, brandissait la paire de ciseaux, les yeux levés, et demandait du regard une explication à ma mère, qui s'est contentée de glisser une mèche derrière son oreille et de lui faire un signe de la main, accompagné d'un grand sourire.

« Tu vas chercher du travail le soir ?

— Il faut bien que je m'en occupe un jour ou l'autre. Je suis libre de mes mouvements, non ? »

Il a fait claquer sa langue, rangé son téléphone, déposé un baiser sur le front de Lakushka, puis est entré par la porte de la cuisine. Il allait franchir le hall lorsqu'il s'est retourné (éclats d'or dans l'obscurité du couloir) :

«Au fait, ils vont aller où à l'école?»

Il nous désignait du menton. J'ai protesté et ma mère l'a regardé, un peu lasse.

«Dans le quartier. Je m'en suis occupée, Charles. Je m'en occupe à chaque fois, tu sais.»

Il avait l'air hésitant.

«Tu veux voir les papiers signés?» s'est impatientée ma mère, alors il a hoché la tête et a claqué la porte d'entrée après un signe de la main, faisant voltiger le rideau qui la couvrait. Lakushka a empoigné la main de ma mère et s'est tournée vers nous:

«Quelqu'un va me couper les cheveux, oui ou merde?»

Plus tard, ma mère a déposé un plat de poireaux vinaigrette au milieu de la toile cirée jaune que j'avais toujours connue.

«De la folie, a-t-elle conclu. Même à porte de Vanves.

— C'est à cause des Allemands», a fait Lakushka très sérieusement en mâchonnant une tranche de pain.

Victor et moi avons pouffé.

«Ça a encore explosé, a repris ma mère sans tenir compte de la sienne. Les prix ont doublé en cinq ans. De la folie, cette ville.

— Si on part, il faudra être très gentils à la douane! s'est exclamée Lakushka, soudain fébrile et presque furieuse. Vraiment gentille. Ne les regarde pas car ils sont effrayants, tu verras (elle a pris mon bras et s'y est agrippée). Surtout avec les jeunes femmes, ne cède rien, mais sois très gentille.

— C'est gai de dîner avec toi, Lakushka», ai-je lancé avec un petit rictus moqueur.

Elle m'a souri comme à un animal obéissant, a tapoté mon col et m'a répété :

«Très gentille à la douane, très très gentille, mais pas doucereuse. Ne leur montre pas que tu as peur. Ah ça non ! (En tapant du plat de la main sur la nappe, elle a fait sursauter Victor.) Les Suisses, ils ont déjà assez peur.»

Charles s'absentait toutes les nuits. Deux ou trois semaines après notre arrivée, il est rentré au petit matin, alors que j'essayais de trouver une boîte de Doliprane dans l'armoire à pharmacie des toilettes parce que Victor se plaignait d'une migraine. Papier peint fleuri, vieille odeur d'urine comme on la sent parfois chez les personnes âgées, mêlée à celle du camphre. Il a débarqué dans le couloir, vêtu des mêmes habits noirs que la veille, les traits tirés et le teint pâle. Il est resté là, vacillant comme un fantôme, et j'ai mis un moment à me rendre compte qu'il tremblait de tous ses membres, que sa respiration était agitée et bruyante, et tandis que je remarquais un éclat brun sur son visage et réalisais avec horreur qu'il s'agissait d'un filet de sang qui lui coulait de sa bouche, côté droit, il m'a vue. Son regard a croisé le mien, tapi dans l'obscurité des toilettes, la porte entrouverte. Il a alors fait quelque chose qui était typique de mon frère : il a souri, comme un gentil garçon. Puis il a titubé vers le salon, où il dormait, et a fermé la porte. Quelques secondes plus tard, j'ai entendu à travers le mur le son d'un match de football qu'on repassait à la télévision.

8

Si j'ai vite repris le chemin de l'école (un établissement de Vanves subtilement déguisé en lycée et qui n'était en fait qu'un gigantesque parc d'attractions pour adolescents), à mon grand dam, et passé de longues heures tous les jours à écouter ânonner des professeurs qui m'ennuyaient davantage encore que tout ce qui m'avait ennuyée jusqu'ici, ce sont Charles et ses allées et venues qui ont bercé mes nuits. Claquements de portières, cliquetis d'une clef dans une serrure. Portes ouvertes, brise fraîche et voiles des rideaux qui se gonflaient, le silence qui tombait, épais et sournois, lorsqu'il fermait derrière lui. Où allait-il? Murmures dans la nuit. Il partait toujours aux mêmes heures, vers minuit, après que ma mère et Lakushka s'étaient couchées. Parfois, il passait une tête par la porte de notre chambre, s'assurait que je n'étais pas en train de faire un cauchemar ou que Victor n'était pas en pleine insomnie – et si cela avait été le cas, de toute façon, qu'est-ce que ça aurait changé ? Il ne serait pas resté près de nous. Il rentrait à l'aube (froissement d'un jean qu'on enlève), ou tard, vers midi, lorsque nous étions tous sortis, sauf Lakushka, qui demandait chaque fois à Charles qui il était et comment il se prénommait. Il déclinait son identité, sage et patient, elle lui tapotait la main, souriait en rougissant, l'appelait « le charmant jeune homme ». Ainsi allaient les jours. Si ma mère se doutait de quelque chose, elle ne laissait rien paraître ; son nouvel emploi (secrétaire chez un notaire, il me semble, mais je n'en suis plus si certaine et je me demande si son premier travail à notre retour n'a pas été réceptionniste dans un grand hôtel vers Montparnasse) lui prenait de longues heures, et le reste du temps elle s'occupait de Lakushka – ou de nous. Un soir de novembre, le dîner achevé, après avoir encore une fois parlé des prix démentiels de l'immobilier avec ma mère, sur le balcon, en écrasant chaque mouche qui passait sous mon nez, je suis allée rejoindre Victor, déjà au lit dans la chambre que nous partagions, en train de lire un vieux *Point de vue* des années 90, pendant que ma mère se mettait en pyjama. Charles est resté au salon, hypnotisé par l'écran de la télévision, et au moment où je suis partie me coucher pour de bon, après m'être brossé les dents, je l'ai regardé de loin (son profil hébété, la lumière bleue qui dansait sur ses joues) et j'ai failli lui dire quelque chose, mais quand j'ai ouvert la bouche son téléphone s'est mis à vibrer. Il l'a sorti de sa poche, l'a fixé quelques secondes, puis s'est éclairci la voix et a décroché.

« Tu veux savoir où il va ? » m'a demandé Victor plus tard, penché à la fenêtre pour fumer, le haut du corps à moitié dans le vide.

Il fumait parfois, dans le secret le plus absolu vis-à-vis de ma mère, des cigarettes qu'il lui piquait ou de vieux cigares laissés par des invités chez ma grand-mère. Il avait une manière bizarre de fumer, peu naturelle, sa bouche aspirait – grand mouvement, yeux écarquillés – et raidissait son visage, tandis que lorsqu'il recrachait la fumée, tous ses muscles se détendaient et l'on apercevait une version molle de lui-même.

«J'aimerais pas mal, oui», ai-je répondu en chassant la fumée d'un revers de main car si ma mère entrait, il était foutu (j'imaginais déjà la litanie des malheurs qu'elle allait lui prédire : dents jaune fluo, poumons en lambeaux, mort précoce dans des souffrances terribles et peine infinie de ta mère, enfant ingrat).

J'ai cherché du doigt l'interrupteur, éteint la lumière.

«Il nous cache des choses, non ?»

Victor a ri doucement, assis sur la balustrade, le visage incliné vers l'extérieur.

«Tu as toujours été une fine observatrice, dis donc.»

Peut-être, me suis-je dit ce soir-là, peut-être que ce que j'aimais chez Charles, au-delà du fait qu'il était mon frère, c'était le mystère naturel qui émanait de lui, qu'il ne recherchait pas. Comme les danseuses de cabaret, dont l'on ne sait rien mais que l'on peut pourtant voir à loisir en échange d'un peu d'argent. On pouvait lui confier à peu près n'importe quoi. Il pouvait être témoin des pires horreurs et ne pas dire un mot. Et j'aimais ça, j'aimais ignorer des pans entiers de sa vie. Et quoi qu'on en dise, aussi noire qu'ait pu être ma peur ces nuits-là, je crois que j'aimais surtout ses allées et venues parce qu'elles copiaient dans mon cœur celles que nous avions effectuées, tous les trois, en automobile. Une famille courant après on ne savait quoi, une famille en fuite. Et n'est-ce pas le propre de l'existence : refaire, par des moyens déviés et qu'on ne maîtrise pas, ce que l'on a vécu durant son enfance? Le refaire pour toujours, à vie, incapable d'y échapper, condamné encore et encore. Incontestablement, il y avait chez nous un gène, une espèce de folie; peut-être était-elle dans ma famille depuis des générations. Elle permettait ce qui à mes yeux valait de l'or: la possibilité d'une vie que peu de monde a écrite, et qui s'efface sous vos pas si vous essayez de la regarder à travers le prisme d'une société bien établie. Locataires heureux d'une tour d'ivoire, propriétaires d'un jardin de sable, qu'importe.

Victor m'a pris la main. Il était debout face à moi, dans la lumière pâle de la chambre. Il m'a guidée jusqu'à la salle de bains (émail rose, baignoire sabot), est monté sur l'escabeau que nous utilisions, enfants, pour nous brosser les dents ou nous coiffer face au miroir, a ouvert la fenêtre et m'a dit:

«Regarde.»

Je n'ai rien vu. Des phares rouges qui s'allumaient, une voiture qui démarrait, rapide, légère comme un tapis volant.

«C'est lui.

— Où va-t-il?»

Victor a refermé la fenêtre, rangé l'escabeau sous le meuble de la salle de bains.

«Ça, Palmipède, pour le savoir il va falloir le suivre.»

Alors le lendemain nous l'avons suivi. Dans le lit à côté de Victor, je me tournais et me retournais sans pouvoir fermer l'œil lorsque j'ai aperçu ses yeux ronds à cinq centimètres des miens. Il m'a secoué l'épaule.

« Putain », ai-je chuchoté, mais il m'a fait signe de me taire.

J'ai émergé de sous la couette, le cœur battant, en ne sachant pas si je nageais encore en plein délire. Le réveil affichait 3:44. Victor a passé un doigt sur ses lèvres et d'un autre m'a désigné le couloir. Un bruit de frottements, des vêtements qu'on enfile.

« Viens », a-t-il articulé très bas.

Je ne me souviens que de l'instant où nous avons franchi la porte d'entrée de l'immeuble dans la nuit, froide comme une gifle. Charles ne semblait pas nous avoir remarqués. Il marchait vite. Il faisait plus froid que prévu, nous étions en plein milieu de la nuit, et j'ai grelotté dans mon haut de pyjama en suivant Charles qui avançait d'un pas vif sur le boulevard. Nous avons marché longtemps, si longtemps que je n'avais aucune idée de l'endroit où nous étions. Il a dépassé un carrefour, a traversé à toute allure, se faisant klaxonner parce qu'il courait. Il serrait le col de sa veste de jogging contre sa gorge, comme j'avais vu ma mère le faire tant de fois.

« Où est sa voiture, nom de Dieu ? a grommelé Victor. Elle est toujours garée derrière chez Lakushka, d'habitude. »

Nous avons accéléré. Sa silhouette se faisait de plus en plus petite, mais quelques secondes plus tard il s'est arrêté, et j'ai entendu un éclat de rire nerveux au loin, venant du point où il se trouvait. Il était au téléphone, seul devant la portière d'une voiture dont j'ignorais la marque et la provenance. Les arbres bruissaient. Il n'y avait personne aux alentours mais à chaque instant je croyais voir des silhouettes s'approcher. Victor s'est arrêté derrière un platane. De là où nous étions, nous avons vu Charles refermer la portière avec douceur, sans la claquer. La voiture a démarré en silence. Nous sommes restés quelques minutes sur cette espèce de place, à attendre qu'il revienne en faisant demi-tour, qu'il s'aperçoive que nous l'avions suivi et qu'il nous emmène, confus, vers cette vie que je ne connaissais pas en débitant des excuses à toute vitesse. Mais ça n'a pas été le cas, et c'est la dernière fois que nous avons vu Charles.

*

Nous étions si loin que nous avons marché jusqu'au premier arrêt de bus que nous avons trouvé et avons pris l'un des premiers bus du matin. Au radar, sur l'un des boulevards dont je confondais toujours les noms, autrefois, lorsque cette ville était la mienne sans même que j'y pense. La bouche ouverte et le front pressé contre une vitre, Victor dormait, sa veste repliée sur ses jambes. Une tache jaune canari sur le fond vert des sièges. Nous avons traversé des rues désertes sous une lumière bleue. J'ai pensé à son échiquier électronique, au fait qu'il n'avait ni bu ni mangé depuis des heures. Il avait conservé l'air éberlué qu'il arborait au réveil. Ce n'est pas grave si tout s'arrête, me suis-je dit. J'ai connu des liens simples comme celui-ci. La grande cathédrale de ma vie. J'ai fini par décrocher mon regard de sa petite silhouette pour le perdre dans la ville. Les rues défilaient, j'apercevais à peine les toits en zinc, les flaques d'eau, les pylônes électriques et les clochards débraillés dont je ne percevais qu'une grande bouche ouverte ou une écharpe flottant au vent. Victor a ouvert les yeux une dizaine de minutes plus tard, son jogging jaune tranchant avec le gris des autres passagers.

« On peut manger quelque part ? m'a-t-il demandé.

— Oui mais…

— On n'a pas d'argent, je sais. »

Il a soupiré en regardant le chauffeur comme s'il était personnellement responsable, puis s'est assis sur un strapontin. J'ai passé une main dans ses cheveux. Il a posé son menton sur mon épaule. C'était si rare, la tendresse chez Victor, que j'ai arrêté de respirer en souhaitant, une demi-seconde, que le bus s'écrase contre un immeuble. Assise à côté de lui, je me suis demandé un long moment ce que nous réservait l'avenir, pendant que les rues défilaient tout autour de nous. Il a levé la tête et a dit sans me regarder :

« Oh non.

— Qu'est-ce qu'il y a ? »

Je m'attendais à voir surgir des policiers prêts à nous arrêter, ou n'importe quoi.

« Rien. On a raté notre arrêt. »

9

La destination de ses trajets nocturnes, nous l'avons apprise quelques jours plus tard, un matin de novembre. Ce jour-là, l'air se refroidissait; nous étions au bord de l'automne. Comme tous les samedis matin depuis notre arrivée, j'étais plongée dans un bain, dans la salle de bains vieux rose de Lakushka. Dehors, cortège de lumière rousse et de mines pâles. Cure de magnésium, achat des manteaux d'hiver; je n'y voyais que le côté morbide, l'arrivée de l'hiver comme de la mort, les mois qui se succédaient jusqu'à la folie. Sur le rebord de la baignoire, j'avais placé en équilibre le cendrier en verre fumé que Lakushka avait toujours eu chez elle, et sur ce cendrier se tenait une cigarette volée à ma mère. Elle n'était pas allumée. Je m'amusais à faire tourner du doigt le cendrier pour qu'il accouche d'un petit son plaintif, jusqu'à ce qu'il manque de tomber dans l'eau et que j'arrête d'un seul coup. Nous étions de retour depuis deux mois et pourtant cette ville, dont j'avais peuplé nos contes et nos mythes, se dérobait encore à moi. De manière imperceptible, ses trottoirs et leurs allées et venues avaient changé, décalés de quelques millimètres par une puissance inconnue, une sorte de brouillard qui s'accentuait si je regardais une rue comme je l'avais regardée cinq ans plus tôt. Parfois, même, j'oubliais quel chemin prendre, je me perdais et restais alors stupéfaite devant le décor qui s'étalait sous mes yeux, pots d'échappement et voitures rutilantes, passants pressés et désagréables, jeunes à l'air fermé. Nous n'étions partis que cinq ans, mais cela représentait plus d'un tiers de ma vie, et les circonstances du départ avaient été si dramatiques qu'à la question banale que l'on nous pose si souvent, à savoir « D'où viens-tu ? », alors que pendant nos déménagements successifs je répondais avec fierté « De Paris », aujourd'hui, maintenant que j'y étais, que j'avais retrouvé la ville originelle, la seule ville qui comptait à mes yeux parce que j'y possédais une sorte d'histoire, je restais silencieuse et les gens attendaient une réponse, indécis. Avions-nous été naïfs de croire qu'en rentrant la vie reprendrait son cours ? Que nous trouverions notre place ? Bien que ce soit honteux, je crois encore qu'un lieu, parfois, peut vous garder en mémoire.

Victor, ma mère et moi nous collions les uns aux autres, rentrant le plus vite possible après nos activités, renonçant à toute forme de socialisation de la même manière que nous avions fui les êtres humains partout où nous étions passés. Le terrain de jeux de Charles, à l'inverse, était le monde, les rues et les autres. Il savait les apprivoiser, et les gens tombaient sous ses doigts comme des mouches. Je ne savais pas alors qu'on lui faisait parfois des coups bas, des « crasses », comme il disait, qu'il était régulièrement trahi, que les hommes étaient tout aussi décevants avec lui qu'avec nous. Je ne l'ai appris que bien plus tard, et je suis tombée de haut. Ce matin-là, donc, Charles n'était pas rentré depuis que nous l'avions suivi avec Victor, quelques nuits auparavant, et cela lui était habituel. L'hiver s'abattait sur la ville. Lumière automnale et nuées de feuilles. Des arrondissements inconnus, des ruelles qui vous perdaient, de quoi devenir fou. Les autres, ceux qui ne sentaient pas l'ombre de mon père planant sur nous, même dans la mort, les autres ressentaient-ils ça? J'ai agrippé la cigarette d'un doigt et l'ai portée à ma bouche lorsque la voix de Victor a retenti dans le couloir, derrière la porte de la salle de bains.

« Palma ? »

J'ai sursauté, la cigarette est tombée dans l'eau et je l'ai rapidement poussée vers un coin de la baignoire.

« *Quoi ?*

— Je dois entrer.

— Non. Je suis dans la baignoire », ai-je rétorqué.

La porte s'est ouverte et Victor, en peignoir, une chaussette tirée sur le genou et l'autre bâillant autour de sa cheville, est entré avec nonchalance. J'ai poussé un hurlement strident et tiré le rideau de douche rouge pour me protéger de son regard.

« Tant mieux, a-t-il décrété en se plantant face au miroir. Pour une fois que tu te laves. Reste dans la baignoire si tu le souhaites. Je viens simplement t'informer que…

— Victor, j'ai besoin d'intimité, ai-je lancé parce que c'était un mot que de nombreux jeunes de mon âge répétaient autour de moi.

— Non. Enfin, je ne crois pas. Je viens t'informer, disais-je… »

Il s'est interrompu, préoccupé par l'aspect qu'avait pris sa chevelure ces derniers mois, et que lui renvoyait le miroir. Il a enroulé une mèche autour de son index et l'a longuement regardée.

« Lakushka prépare une horrible soupe aux œufs, a-t-il annoncé d'une voix lente. De la soupe aux œufs, Palma. Qui aime ça ?

— Sors, ai-je crié d'une voix plus stridente que je ne l'aurais voulu.

— Oh, relax. C'est Maman qui m'a dit de venir te chercher. Elle est au téléphone avec Charles. Elle arrive.

— Tout cela est formidable, mais j'aimerais prendre mon bain seule. »

Victor m'a jeté un regard froid.

« Impossible. Charles veut nous parler tout de suite. Il l'exige, a-t-il précisé en croisant mon regard dans le miroir. Je ne sais pas ce qu'il a encore foutu. »

Depuis la baignoire, j'ai glissé une main tâtonnante vers l'endroit où j'avais plié ma serviette de bain. Avant même que j'aie pu poser la moindre question, ma mère se tenait dans l'encadrement de la porte, le téléphone collé à l'oreille, une moue contrariée, comme si à l'autre bout du fil la communication était brouillée.

« Palma, a-t-elle dit. Charles veut nous parler... Arrête de brailler, a-t-elle grimacé à l'intention de mon frère, dont j'entendais la voix grésillante s'échapper du combiné. Elle est là. Nous sommes tous là.

— Est-ce qu'il ne pourrait pas attendre, une fois dans sa vie, et me laisser sortir du bain ? » ai-je demandé à travers l'interstice du rideau.

Ma mère se battait avec une touche du téléphone.

« Figure-toi qu'il a appelé en PCV. Je ne comprenais rien, la voix automatique me hurlait "QUELQU'UN VEUT VOUS JOINDRE", c'était affolant. »

Elle a enclenché le haut-parleur et la voix amplifiée de Charles a rebondi contre les murs.

« C'est agréable de constater que vous adorez avoir de mes nouvelles, maugréait-il. Dis à Palma qu'il faut que je vous parle à tous les trois, maintenant.

— Elle t'entend, a rappelé ma mère.

— Il se passe quoi, putain, ai-je dit en m'enfonçant dans l'eau tiède, ne laissant dépasser que ma tête du rideau rouge.

— Tu as la lettre ? » a demandé Charles dans le vide.

Ma mère et moi nous sommes regardées un moment mais, à mon grand étonnement, j'ai vu Victor se gratter le nez, puis chercher dans la poche de son peignoir et en sortir deux feuilles blanches pliées, sur lesquelles j'ai reconnu l'écriture penchée et ronde de Charles. Victor les a tendues à ma mère.

« Je te laisse lire », a dit Victor en direction du téléphone.

Ma mère regardait la lettre avec perplexité.

« Lis-la-moi, lui ai-je demandé.

— Oh non, a dit ma mère. Pas moi. Je n'ai jamais assez de salive et je ne sais pas où sont mes lunettes.

— Attendez, a grésillé la voix de Charles. Je vais la lire, moi. Je crois que je la connais par cœur. »

Ma mère a déplié les feuillets et Charles a continué :

« Mes chers frères et sœur, ma vieille…

— Ne m'appelle pas ma vieille, a-t-elle dit en tapotant paresseusement la cendre de sa cigarette dans l'eau des toilettes. Je n'ai que trente-neuf ans. Dis-nous ce que tu veux, mais vite, car je dois aller surveiller Lakushka. »

Elle était assise entre les toilettes et le rebord de la baignoire, à même le carrelage. Elle avait posé le combiné noir sur le sol, entre nous trois. C'était un carrelage vieux rose. Elle se lovait là comme un chat, le dos rond, les coudes en équilibre sur chaque rebord. Ses longs cheveux évoluaient dans l'air, gonflés par la vapeur et électrisés par son pull-over.

« Justement, a dit Charles. Ça continue comme ça : Ne fais pas la tronche, ça te va bien, ma vieille. Tu es une vieille tout ce qu'il y a d'adorable. Tu gagnerais le premier prix à tous les concours de vieilles, et puis tu n'as que trente-huit ans.

— Trente-neuf.

— Trente-neuf. Vous devez vous demander où je suis passé (pas du tout, me suis-je dit) et pourquoi je vous écris une lettre alors que c'est une coutume qui nous semble médiévale – en fait, a-t-il précisé, vous ne vous demandez rien du tout puisque je suis au téléphone avec vous...

— Merci, Charles. J'ai froid. Dépêche-toi », ai-je maugréé, tout en projetant des gouttelettes d'un geste de la main.

Une certaine angoisse me gagnait.

« ... quand les téléphones et les SMS n'existaient pas, etc., mais j'ai trouvé le geste amusant et je suis sûr que vous avez ri un peu, a repris Charles, imperturbable, alors qu'aucun de nous trois ne riait. Tout va bien. Lorsque vous me lirez...

— Je vais sortir de cette pièce, Charles », ai-je menacé en remuant dans l'eau de plus en plus tiède.

Il poursuivait comme s'il ne m'avait pas entendue, sur le ton d'un élève récitant un poème en classe :

« Lorsque vous me lirez, je serai loin…

— Comment ça ? a dit ma mère en écartant une mèche de cheveux comme si elle avait mal entendu.

— Attends. Je serai loin car… ah, attends, je ne me rappelle plus. Victor ? »

Mais Victor a émis un grognement qui signifiait que jamais de la vie il n'allait aider Charles à se souvenir du contenu de cette lettre. Je ne bougeais plus.

« Bon, a fait Charles. J'arrête d'essayer de me rappeler cette lettre. Victor devait vous la donner mais il m'a fait part d'une certaine… réticence. Et vous connaissez le caractère de mon cher petit frère, alors… Alors voilà. Je suis loin, je suis quelque part dans le sud de la France, j'appelle d'une cabine téléphonique et vous seriez étonnés de constater à quel point il est difficile dans ce pays de trouver une cabine qui fonctionne avec des pièces. Voilà la raison du PCV. Allez, allez, trêve de mystère, a-t-il continué plus fort tandis que la voix de ma mère et la mienne commençaient à résonner un peu trop fort à son goût. Je vais tout vous expliquer. La raison de mon appel, c'est que je dois vous parler de Lanvin. »

Ma mère a poussé un petit cri, s'est relevée.

« C'est Maman qui a crié ? »

La voix de Charles avait pris un ton goguenard, joyeux.

« Tu l'as tué ? » ai-je bredouillé.

Il y a eu un silence. J'ai levé les yeux, gênée. Il y avait une tache d'humidité sur le plafond de la salle de bains. Une forme d'hippopotame.

« Non, a répondu Charles après un temps. Tu sais à quel point j'y ai réfléchi (il a eu un petit rire, que seuls Victor et moi pouvions comprendre), mais j'ai beau avoir tourné des années le problème dans tous les sens, ce n'était pas une solution adéquate. Oui parce que, bon, tu l'as deviné, on voulait le tuer », a-t-il lancé pour ma mère.

À ma surprise, ma mère n'a pas réagi par l'effroi mais par un soupir las.

« Laissez-moi raconter mon histoire, s'il vous plaît, a repris Charles. Comme certains d'entre vous le savent, et comme l'autre s'en doute, ça faisait cinq ans que j'attendais de rentrer. Dans cette ville, je veux dire.

— Techniquement, aujourd'hui, on habite à Vanves », a lâché Victor, qui s'était à nouveau tourné vers le miroir.

Personne ne lui a prêté attention. Une fine moustache commençait à pousser au-dessus de sa bouche.

« Je voulais rentrer pour tuer Lanvin, entre autres. Maman, j'avais décroché plusieurs fois le téléphone de la rue Chauvelot, j'étais plus âgé que Palma et Victor et... Bon, disons que j'ai vite compris.

— Tu l'as vu, a lâché ma mère en haussant les épaules. Avec ton père. Tu te rappelles ? Un jour, vous êtes rentrés d'un rendez-vous qu'il avait avec Lanvin... Tu y étais... »

Charles n'a rien répondu. Soudainement, ma mère a eu l'air irritée :

« Mais ce type ne mérite pas autant d'attention, vous savez.

— Figure-toi que tes chères têtes blondes, et j'insiste là-dessus, Maman, figure-toi que Victor et Palma ont eu, eux aussi, très envie de le tuer. Nous avions des plans, figure-toi. Nous avons abandonné ce projet il y a quelque temps. Mais quand je suis rentré, bien sûr, chaque rue me semblait hantée par Lanvin. Alors, quand j'avais du temps, la nuit, j'allais traîner dans son quartier. Je sais. C'est très malsain.»

Il a pris une longue inspiration, a semblé chercher quelque chose.

«Une fois arrivé, c'est à place des Fêtes, je m'installais près de son immeuble, sous un porche ou carrément sur le trottoir, et j'attendais. Je ne m'ennuyais pas, pour une fois. J'attendais toutes les nuits, j'arpentais le quartier, pendant une ou deux heures. Je connaissais tout par cœur. J'ai même réussi à m'introduire dans l'immeuble...»

Un frisson m'a parcouru l'échine.

«J'ai eu la tentation de défoncer sa porte, de kidnapper sa famille, de l'égorger. Mais je ne l'ai pas fait. Principalement parce qu'il y avait une porte vitrée entre le sas et le hall d'entrée. Et parce qu'on m'aurait très vite retrouvé.

— Oui, car tu omets un détail..., a dit Victor en prenant la lettre des mains de ma mère et en la parcourant rapidement. Tu omets un sacré détail, mon vieux. Tu ne l'as même pas écrit dans la lettre.

— Non, a répondu Charles très rapidement.

— Maintenant, tu dois tout leur dire, a insisté Victor d'une voix détachée. Ça ne sert à rien de cacher quoi que ce soit.»

Ils se parlaient très vite, et de plus en plus fort.

«C'est une mauvaise idée. C'était une mauvaise idée, a balbutié Charles.

— Dis-leur.

— De quoi parlez-vous? a demandé ma mère.

— Ça ne va pas vous plaire, a commencé Victor. Il lui filait du fric. Charles donnait du fric à Lanvin. »

Victor nous fixait. Ma mère a légèrement haussé les sourcils.

« C'était pour qu'il arrête de nous harceler, s'est empressé de dire Charles. De te harceler, Maman. »

Victor donnait de petits coups dans le pied du lavabo rose.

« Depuis des mois », a continué Victor.

Ma mère a attrapé le cendrier à côté de ma tête, a posé sa cigarette d'un air buté.

« J'aimerais comprendre, a-t-elle dit.

— Personne n'était au courant », a conclu Victor.

Quelques secondes de silence ont suivi durant lesquelles j'ai fixé le carrelage.

« Tu remboursais Lanvin ? » a articulé ma mère.

Charles a soupiré :

« Victor, tu es un triste con, tu sais ? Eh bien, oui.

— Laisse-moi parler une minute, tu veux, Charles », a lancé Victor d'un ton mauvais.

Il s'est assis sur le lavabo et m'a adressé un regard oblique :

« Étrange, hein. »

Encore un coup d'œil discret au miroir. Une main dans ses cheveux.

« Je l'ai découvert le jour de ma fugue. J'avais le téléphone de Charles. Et puis… »

Ma mère et moi n'avons pas bougé. J'ai même arrêté de respirer une seconde, et n'ai pas tenu compte des protestations étouffées de Lakushka derrière la porte de la salle de bains pour que ma mère lui serve un café.

« J'ai écouté ses messages », a continué Victor.

Il s'est levé, s'est regardé un instant dans le miroir, a arrangé une mèche d'une manière coquette, comme le faisait mon père autrefois. Charles, quelque part en France, restait silencieux.

« Eh bien, a dit Victor en se tournant vers nous, le miroir reflétant les motifs de son peignoir. Disons que Charles nous a protégés de tout cela. Le jour où j'ai fugué, peut-être que vous vous en doutez mais je suis parti parce que je voulais rentrer à Paris et… tuer Lanvin. »

Dans la pièce, le silence était aussi épais que la buée. Je n'osais pas tourner la tête vers ma mère. Elle devait nous prendre pour des fous, ce qui n'était pas loin d'être vrai.

« Il n'y avait pas d'autre raison, a continué Victor de sa voix monocorde et impitoyable. J'avais son adresse, j'avais volé de l'insuline, j'avais volé de l'argent à la cantine de Crotelles (désolé), et j'étais déterminé. J'étais triste, je… Eh bien, pour le dire simplement, encore une fois, je voulais le tuer. Je n'avais peur ni du stop, ni de la nuit, ni d'être seul. C'était la première fois que j'étais sans vous, j'avais un but et j'étais… Oui, vraiment, aussi étrange que cela puisse paraître, je me sentais libre et invincible. Oh bien sûr, vous m'avez manqué, je sais que je vous ai causé beaucoup de soucis, a-t-il ajouté précipitamment en voyant la tête de ma mère. Mais ce serait mentir de dire que je ne me sentais pas, pour une fois, sûr de ce que j'allais faire. J'avais tout prévu depuis des semaines, parce que je savais que Charles finirait par me défendre de passer à l'acte… Il se montrait plus lâche, plus réservé, il ne me parlait plus de vengeance. Je croyais que nous n'agirions pas, et j'étais… révolté ? Et puis ce jour-là, le jour où j'avais prévu de le tuer – je n'avais rien prévu du tout, à vrai dire, le plan était trop flou, j'essayais de me persuader que ça allait le faire, bien qu'on ne tue pas quelqu'un comme ça d'après ce que j'ai compris, mais…»

Il a hésité, s'est tourné à nouveau vers le miroir avec un petit coup d'œil discret.

«J'ai fait une erreur. Je m'étais perdu dans Paris, et il fallait absolument que je trouve où aller sans demander de l'aide, les gens n'aiment pas voir traîner un mineur tout seul, le soir. J'étais près de la gare du Nord, je suis allé dans les toilettes (des toilettes impeccables, pour à peine un euro, une vraie affaire), et sans réfléchir j'ai branché le chargeur de Charles. Le téléphone s'est allumé. (Il a écarté les mains dans un signe d'évidence.) C'est là que j'ai vu les appels de Lanvin. J'ai écouté ses messages.»

J'imaginais Victor seul dans des toilettes publiques, à la gare du Nord, penché sur un petit téléphone. À l'autre bout du fil, Charles respirait faiblement.

«Le choc… Le choc a été rude. Bien sûr, j'ai dû abandonner mon plan, et tant mieux. Le rapprochement avec Charles ou Maman aurait été évident, avec le téléphone, les messages, l'argent et les factures… Trop de pistes menaient à nous. Je ne suis pas bête. Alors…»

Il s'est à nouveau approché du miroir pour inspecter son œil gauche.

«Je ne savais pas où aller, alors j'ai marché jusqu'à la rue Chauvelot. J'avais peur de voir par la fenêtre une autre famille y vivre. Mais non, bizarrement, il n'y avait personne. J'ai passé plusieurs heures là-bas, seul. Les murs venaient d'être repeints, il n'y avait pas un bruit à part le parquet qui craquait, pas de lumière si ce n'est celle de la ville en pleine nuit. J'ai passé des heures sur ce parquet à réfléchir à ce que je voulais.»

Victor a ri en voyant mon expression, mais il a poursuivi :

«Je ne voulais pas revenir. J'étais décidé à ne jamais revenir. Et c'est à peu près à ce moment-là que j'ai trouvé la lampe. Alecton, a-t-il dit en désignant du menton l'espace vers notre chambre, là où était désormais posée la lampe. Elle n'avait pas d'ampoule, mais elle était là. Intacte.»

Charles s'est raclé la gorge mais Victor ne l'a pas laissé parler :

«Maman l'avait mise là parce qu'elle savait que nous reviendrions un jour ici.»

À ma grande surprise, ma mère a hoché la tête d'un air penaud.

«Nous allions rentrer parce que c'était la seule chose à faire, n'est-ce pas ? En un sens, ce soir-là, le plan de Charles m'est apparu très précisément. Il gagnait de l'argent et avait contacté Lanvin pour le rembourser. La manière légale. C'était une défaite, à mes yeux. Je me suis senti très seul.»

Aujourd'hui, je revois encore précisément le décor de cet aveu : le petit lavabo rose où Victor se mouillait les cheveux, la lumière brune et automnale qui enveloppait la pièce, le jardin des voisins par la fenêtre, net et précis, et les cheveux de ma mère, collés au carrelage mural par l'humidité et l'électricité.

«Alors je suis allé chez Lakushka. Ici, a poursuivi Victor en se tournant de temps en temps vers nous pour être certain que nous l'écoutions. Et là aussi, il y a eu une étrange coïncidence. Elle allait mourir, je l'ai senti à l'instant où j'ai passé la porte, pas un bruit, aucune respiration, et si je n'avais pas été là, avec cette insuline dans mon sac, à portée de main… »

Derrière le rideau de douche, je me suis levée et enveloppée dans la serviette pâle. Puis je suis sortie du bain en éclaboussant un peu ma mère au passage. Sans raison, Victor a ri, d'un rire éblouissant.

« Je voulais vous le dire. »

Il a marqué une pause, a fait une petite grimace.

« Mais je ne voulais pas trahir Charles. »

Oui, une étrange coïncidence comme il y en a tant. Au début, on ne ressent rien, ou peut-être un léger vertige. J'étais face au miroir. Victor faisait ma taille, à présent. Il s'est examiné une dernière fois dans le miroir, a détaillé un long moment le profil de son nez.

« Formidable. Un vrai philosophe, a coupé Charles, qui reprenait enfin vie. Écoutez, c'est ce qui me semblait être la meilleure solution, à l'époque. Enfin, vous le savez, Lanvin me terrorisait. Ses lettres… Alors, oui, j'ai commencé à le rembourser, et évidemment, à partir de ce moment-là, il est devenu impossible que je le tue. J'ai été stupide. C'est bon, tu es content ? Maintenant, laisse-moi finir, je t'en prie. Car ce que je vais dire, Victor, ce n'est pas écrit dans la lettre. »

Victor a fait la moue.

« Donc. Oui, j'errais dans son quartier, quand je n'étais pas occupé à travailler. »

Mais travailler à quoi ? me suis-je demandé. La voix grésillante de Charles poursuivait :

« Je restais planté en bas de son immeuble, chaque nuit,

pendant une heure ou deux. Et puis, avant ou après, j'allais jouer à côté… Tu sais, Palma, ce bar qui est près du karaoké japonais… Quand tu longes la rue de Belleville, tard le soir… Il ne ferme jamais… Près de la place des Fêtes… Palma connaît cet endroit… C'est un petit bar de merde, enfumé, ils n'ont même pas la licence pour les jeux d'argent mais il n'y a que des hommes qui jettent leurs tickets perdants. Le sol est jonché de tickets, parfois sur plusieurs millimètres. Toujours eu l'impression de surfer dessus. »

J'ai failli dire quelque chose mais ma mère a agité son poignet couvert de bracelets pour me faire taire. Elle était penchée sur le téléphone.

« Je jouais là-bas, parfois jusqu'au matin… Sur la petite terrasse, on voyait la porte d'entrée de l'immeuble de Lanvin. Une porte rouge. J'en rêve encore la nuit. Bref, a-t-il lancé parce que Victor se raclait la gorge, je ne peux pas nier que bêtement, comme on traîne autour du lycée d'une fille dont on est amoureux sans oser l'attendre frontalement, je ne peux pas nier, non, que j'attendais que Lanvin sorte de son immeuble, un jour… Pour le voir. Simplement pour l'observer, figurez-vous. »

La vapeur me montait à la tête. Imaginer Charles dans un bar ramenait à la surface des images d'enfance, des images d'un autre temps : lumières du soleil dans la jungle, lumières sur l'asphalte qui fondait sous nos pas, la station-service perdue à La Réunion. Mon frère en chemise blanche qui en sortait, vexé d'avoir perdu. Et Anaïs, dans l'eau verte de la piscine.

« Est-ce que tu jouais au Rapido ? a demandé ma mère.

— Je jouais aux courses de chevaux là-bas. Et parfois,

dans la petite buanderie à l'arrière, au poker. Un jour, deux ou trois semaines après ma première soirée, Lanvin est arrivé. Je l'ai reconnu tout de suite. À quoi ? À son parfum... Une odeur de feu de bois qui flottait. »

Ma mère a eu un haut-le-cœur. Elle a croisé mon regard et j'ai eu l'impression de voir les yeux d'un chat, qui prennent une luminosité inquiétante dans le noir.

« Il faut du temps pour accéder à cette buanderie. Mais moi, j'ai mis une semaine à peine. Les gens m'introduisent toujours avec facilité dans ce genre d'endroit. Le patron est devenu... comme un ami. Une sorte d'ami. Place des Fêtes c'est un petit quartier, vous savez, et laissez-moi vous dire que cette place porte très mal son nom, a gloussé Charles, et son rire a glissé sur nous. C'est plutôt magouilles et compagnie. Bref. Je me dépêche, je me dépêche. Une nuit, donc, Lanvin est arrivé. Je fumais sur la terrasse, la porte de son immeuble était fermée, mais après une dizaine de minutes, un petit groupe d'hommes en est sorti. Je suis resté immobile comme un chat. Et à quelques mètres de moi, à peine, ils se sont séparés et l'un d'entre eux s'est assis à l'une des trois tables. Avec une petite mallette et un sac plastique. Une odeur de feu de bois dans son sillage, une odeur que j'avais déjà sentie. J'ai levé la tête. Il portait des lunettes, à présent, il avait grossi, mais c'était lui... »

J'ai ouvert la bouche, indécise, prête à poser une question, mais Charles m'a devancée :

« Je ne l'avais pas revu depuis dix ans, je crois. Papa, le petit salon du Train Bleu, leurs rendez-vous entre deux trains où Lanvin se penchait vers Papa et lui murmurait de trouver de l'argent rapidement, très rapidement... Tout ça m'est revenu en mémoire en sentant cette affreuse odeur de feu de bois. Oh, rassure-toi, ma vieille, il ne m'a pas reconnu. Il ne savait pas du tout qui j'étais.»

Et c'était vrai : Charles avait changé depuis l'enfance. Il était méconnaissable. On ne garde jamais le même visage tout au long de sa vie.

«Il a fini par s'installer dans la buanderie. Je n'arrivais pas à en détacher mon regard. Un type banal, laid, avec des chaussures à semelles orthopédiques… J'étais fasciné. Je me contenais avec beaucoup de peine pour ne pas passer mon temps à le fixer. Il ne s'est jamais douté que c'était moi, le fils Gauthier, que je travaillais pour le rembourser, et qu'au petit matin je passais des heures à jouer au poker à côté de lui…»

Charles a marqué une pause. Il y avait un peu d'émotion dans sa voix, une émotion qui différait de la joie ou de l'impatience habituelles qu'il traînait.

«J'aurais pu le tuer. Il était assis à côté de moi. Il transpirait. La pensée m'a traversé que si je cassais mon verre sur le coin du bar, avec un seul tesson j'aurais pu le tuer, là, sur-le-champ, devant tout le monde. Et cette petite buanderie aurait ressemblé à une boucherie.»

Victor et moi avons souri. Ma mère avait les yeux fermés, comme au début d'une migraine.

«Mais je ne l'ai pas fait, bien sûr, a roucoulé Charles. Il venait de temps à autre. Et chaque fois qu'il venait, nous jouions l'un à côté de l'autre. Nous ne parlions pas. Parfois, l'envie me prenait d'avoir une explication, de tout lui dire. Je me suis retenu… et maintenant, eh bien, je peux en conclure que j'ai bien fait.»

Leurs coudes qui se touchaient. L'odeur lourde du

tabac froid, celle qui donne envie de vomir, mélangée à la sueur et au parfum de feu de bois de Lanvin, que je n'avais jamais senti. Une petite ampoule et mon frère attablé à côté de cet homme dont nous avions tant parlé. Ainsi, il l'avait approché, il l'avait observé. C'était mon terrain de jeux. Je l'aurais regardé des nuits durant, j'aurais perçu les moindres détails.

« C'est... ça peut paraître présomptueux, a repris Charles, mais quiconque me voit jouer a envie de jouer à nouveau avec moi. C'est ainsi. »

J'imaginais mon frère, là-bas, dans ce bar du haut de la rue de Belleville. Son extrême douceur. Les gens étaient attirés par cela.

« Doucement, très doucement, il s'est mis à venir de plus en plus. Il jouait beaucoup, il ne buvait pas. Moi non plus, je ne bois pas, a précisé Charles. Ou très peu. Je fume. Il fumait aussi. Je le voyais perdre de grosses sommes. À côté de moi, à quelques centimètres. Je cachais mon excitation. Et lui, il dégoulinait. Jambes spasmophiliques et tout. C'est comme ça, on perd souvent dans ce genre de lieu. Je n'ai rien fait. Je l'ai simplement côtoyé quelques semaines. »

La tête penchée sur le côté, les yeux encore fermés, ma mère essayait (cela se voyait) d'emmagasiner ce qu'il venait de lui raconter. Victor a croisé les jambes et ma mère a entrouvert un œil :

« Tu paries beaucoup d'argent ?

— Énormément, a tout de suite répondu Victor. Énormément d'argent.

— Un peu, a rectifié Charles. Un peu d'argent.

— Et tu en gagnes ?

— Un peu, a fait Victor, le doigt en l'air.
— J'en gagne, a dit Charles. Ça va très vite. En une nuit de poker, tu peux perdre des milliers d'euros. Tu peux être ruiné en une semaine. Des centaines de milliers d'euros en une semaine.
— Non, a fait ma mère.
— Si, avons-nous assuré tous les trois d'une même voix.
— C'est comme ça qu'il s'est noyé, a conclu Charles d'un ton satisfait.
— Noyé ?
— Façon de parler. Il transpirait beaucoup. Il venait de plus en plus souvent, en serrant sa petite mallette ridicule. Son regard… Je n'oublierai jamais.
— Il te devait de l'argent, alors ? »
Charles a marqué un temps d'arrêt, quelques secondes. Puis il a repris d'une voix lente, comme si ce qu'il disait était incompréhensible pour d'autres que lui et qu'il fallait nous parler très gentiment car les informations n'étaient pas limpides pour nous :
« Non. Il perdait de l'argent tout seul. Parfois, il m'en devait. Mais je n'étais pas responsable. Il en devait à beaucoup de monde. C'est un joueur. Il y en a partout, tu sais. »
J'ai entendu la fumée sortir de sa bouche, perçu une impatience dans sa voix.
« Abrégeons. Venons-en au fait, car nous n'y sommes toujours pas. Un jour, la semaine dernière, la police est venue faire un contrôle. Quelqu'un les avait appelés. C'est un endroit louche, ça n'a rien d'étonnant. »
Je n'avais pas trop de peine à deviner qui était ce quelqu'un.
« Par chance, je n'étais pas là. »

Il y a eu un grand bruit métallique. Victor avait fait tomber le porte-savon par étourderie. Ma mère a frissonné puis a demandé :

« C'est illégal, de jouer au poker ?

— Oui, avons-nous répondu, Victor et moi.

— Dans certains cas, a nuancé Charles. J'imagine qu'ils n'ont pas trouvé que ça. En tout cas, ils ont été très intéressés par le personnage de Lanvin, d'après ce que j'ai entendu dire. »

Ma mère s'est levée, a fait quelques pas et s'est étirée, le dos rond.

« Tu veux dire qu'il a été arrêté ?

— Oh ça, je n'en sais rien, a rapidement dit Charles, qui semblait effrayé par le choix des mots de ma mère. Il a des ennuis, je crois. Je ne peux pas vous en dire plus.

— Eh bien tant mieux, a-t-elle conclu. Des ennuis. (Elle a claqué la langue.) J'ai plusieurs fois rêvé que je le poussais au fond de la Ravine des Patates. »

Nous avons tous éclaté de rire. Je grelottais, les pieds toujours dans l'eau froide du bain, la grande serviette humide autour de moi.

« Et alors, tu rentres quand ? Tu es où ? a demandé ma mère à Charles.

— Oh, tu sais…, a-t-il répondu alors que, justement, nous ne savions pas. Avec ces histoires, il fallait que je me mette au vert quelque temps. »

Tous les trois penchés sur ce téléphone, dans la salle de bains rose de Lakushka, nous l'écoutions.

« Mais tu rentres quand ? » a répété Victor.

Pour la première fois depuis le début de la conversation, il avait l'air ébranlé.

« Oh, tu sais… », a fini par répondre Charles.

Je ne me rappelle plus ce que nous nous sommes dit ensuite, mais Charles a raccroché quelques secondes après. Il finirait par revenir. Lorsque j'ai relevé la tête et croisé le regard de Victor, il a souri.

10

Que lui aurais-je dit, moi, à Lanvin ? C'est la question qui m'a hantée quelque temps après l'appel de Charles. Je lui aurais parlé de mon père, et de ma mère, peut-être ; je lui aurais raconté notre vie, mais comme me le souffle Victor, assis à côté de moi dans notre chambre orange, la chambre de ma mère lorsqu'elle était adolescente et se coupait elle-même la frange : c'est précisément ce que je fais. Pourtant, tout cela doit prendre fin : il y a des années que Charles est parti. Cinq, exactement. Il est temps de cesser de penser à Lanvin ou à la mort de mon père, n'est-ce pas ? C'est fini, d'une certaine manière. Et pourtant... Un seul événement, une minute ou deux, et vous voilà coincé avec quelque chose dans le cœur auquel vous penserez tout le reste de votre vie. Tout cela tourne en boucle au moment où je m'y attends le moins. Salles de gym, amphithéâtres. Mon père mort, des médicaments éparpillés à côté de son corps. Des yeux écarquillés pris dans les phares d'une voiture. Une main tenant une cigarette, bien que Charles ait aujourd'hui arrêté de fumer, d'après ce qu'il m'a dit dans une des lettres qu'il a désormais pris l'habitude de nous envoyer (des villages différents chaque fois : Bédarieux, Villaudric, Pech-Luna, des noms qui nous semblent exotiques). Le rire rauque qui suit une plaisanterie cruelle, la manière dont Victor repose son verre d'eau, les kilomètres parcourus, la table en marbre noir et les seins parfaits de ma mère, que j'avais vus sur de vieilles photos. Voilà ce qui apparaît parfois, comme ces fantômes que l'on voit dans les îles, et ce sont ces souvenirs flous qui m'empêchent encore de croire que ce qui suivra, plus tard, chaque jour, aura autant d'importance que ce que nous avons vécu enfants. L'appartement de la rue Chauvelot, pourtant exigu et sombre, a souvent pour moi l'allure d'un château de fée – les canapés tissés de jaune sont en fait cousus de fil d'or, les sacs posés au pied des lits sont des malles, et les lampes parlent. Les couchers de soleil y semblaient plus mauves qu'ailleurs. Buxières-les-Mines. Saint-Cyr-sur-Loire. Tours. La Chamberte, Montpellier. Escamadur et la succession de villes et de villages jusqu'à la rue Chauvelot. Nous n'aurions jamais dû nous arrêter, me suis-je dit plusieurs fois. Nous aurions dû fuir pour toujours, trouver refuge et un nouveau souffle ailleurs, toujours ailleurs. Nous aurions dû rester ensemble et ne jamais rentrer, bien que nous l'ayons voulu de toutes nos forces parce que la vérité est là, cruelle et nette : les morts ne reviennent pas et les vivants s'éloignent. J'écris ces lignes sous la lampe Alecton. Victor est à côté de moi. Figurez-vous qu'il chausse maintenant du 43. Alors que nous reste-t-il ? C'est mon frère qui m'a soufflé la réponse, bien sûr. Ce qu'il nous reste, c'est ce qu'il reste des êtres, des morts ou des vivants, haïs ou adorés (il est assis vers la coiffeuse, je suis agenouillée près du radiateur), et c'est ce qu'il reste d'une ville que l'on a adorée puis quittée, contraints à l'exil. L'image lumineuse et rouge incandescent qui apparaît en une demi-seconde sur l'écran des rétines, une fois les paupières fermées. Des détails qui changent en fonction du lieu où l'on se trouve. Et une petite liste de faits immuables : le trajet d'une goutte d'eau sur une feuille que l'on vous tend, un rire tonitruant au beau milieu de la nuit dans un appartement voisin, les plis d'une robe à fleurs à un arrêt de bus, l'éclat doré d'une pupille noire qui se pose sur le soleil. Voilà ce qu'il nous reste, voilà ce qu'il reste de mon père et des autres.

Composition : Entrelignes (64)
Achevé d'imprimer
par CPI Firmin-Didot
à Mesnil-sur-l'Estrée, en décembre 2021
Dépôt légal : décembre 2021
Numéro d'imprimeur : 167282

ISBN : 978-2-07-294048-4/Imprimé en France

378899